AF450936

ANJO *marcado*

MIA ANTIERE

The Books Editora

Editora Chefe: Waldineia Oliveira Gomes
Revisão: Equipe The Books Editora
Capa e Diagramação: Cris Spezzaferro

Dados Internacionais de Catalogação na Publicação (CIP)

Antiere, Mia
    Anjo marcado / Mia Antiere - 1ed. - Unaí, MG: The Books, 2020.
ISBN:978-650-0055-39-9
  1. Literatura Erótica. 2. Ficção brasileira. I. Título

CDD: B869-3

CDU: 82-3

Grupo EditorialThe Books Editora
Rua Três 572 – Santa Luzia
Cep. 38610–000 – Unaí/MG
Site: www.thebookseditora.com.br

"Desde que te conheci, eu vivi indo do paraíso
ao inferno sem descanso."
No inferno por você
Mia Antiere

A queda

Benjamin

No início, quando éramos apenas meus irmãos e eu, tudo parecia certo; mesmo com as desavenças entre Lúcifer e Miguel pelo posto de favorito do Criador, ao qual chamávamos de Pai.

Eu, por um motivo que não sei explicar, sempre preferi a companhia de Lúcifer entre todos os nossos irmãos. Talvez por ele ter sido o primeiro a ser criado. Eu gostava de ouvi-lo; suas ideias, seus questionamentos e tentativas de saber sobre o motivo de cada coisa existir, me encantava. Era assim desde a minha criação.

Se fossemos usar de analogia, Lúcifer seria o príncipe e o nosso Pai, o rei.

Até que eles foram criados; os humanos. Tudo passou a girar em torno deles. E isso mudou algo em todos nós, principalmente em Lúcifer. Ele se enfurecia um pouco mais a cada instante, diante da possibilidade de mais alguém querer brigar pelo posto de favorito.

Eu ainda o acompanhava, não acreditava que sua fúria fosse sem motivos. Até quando ele quis provar ser superior aos humanos tentando-os para que fossem contra as ordens do Pai, eu apoiei. E eles não pestanejaram ao cometer tal pecado. O primeiro homem e a primeira mulher, caíram na tentação de comer o fruto que lhes era proibido. Foram convencidos por Lúcifer, mas não foram obrigados.

Lúcifer estava certo; os humanos eram meras marionetes que se moviam de acordo com quem comandava os cordéis.

O Pai repreendeu e castigou os humanos pelo pecado cometido, assim como fez com Lúcifer por tentá-los.

Achei que esse era o fim dos problemas, mas Miguel achou que era uma oportunidade. Ele aproveitou a chance e declarou guerra contra o irmão que, naquele momento, estava sem força ou poderes por causa do castigo.

Eu não podia deixar que Miguel saísse vencedor, então reuni vários anjos e, juntos, lutamos em defesa do nosso irmão. Não sem antes clamar pela ajuda do nosso Pai, ajuda que não veio. Ele não nos impediu de lutar entre nós, era como se tivesse desaparecido depois de castigar a sua primeira e a sua última criação. E foi nesse momento que passei a duvidar e a questionar. Coisa que apenas Lúcifer tinha coragem de fazer.

Ele sempre questionava ao Pai abertamente sobre suas forças e fraquezas. Não escondia de ninguém que queria ser o favorito por ter sido o primeiro a ser criado e por se sentir superior. O Pai respondia que amava a todos sem pesos e sem medidas, e pedia que ele abandonasse sentimentos como orgulho ou superioridade. Lúcifer rebatia questionando: Se meu orgulho é um erro, por que tal sentimento foi criado?

Nosso Pai, com um sorriso no rosto, respondia: *Pelo mesmo motivo que a teimosia, a curiosidade e tantos outros sentimentos foram criados. Porém sinto dizer que ainda não é o momento de revelá-lo para a minha iluminada criação.*

Ainda que as conversas terminassem sempre assim, Lúcifer não se abalava nem desistia de ter o que queria e saber o que desejava.

Quando Miguel o derrubou, e a quase todos que o defenderam, comecei a me questionar também. Qual era o sentido de tudo aquilo?

O tempo passou sem nenhum sinal de que o Pai nos guiaria ao caminho do qual parecíamos termos desviado.

A paz entre os anjos não era completa desde a queda de Lúcifer e seus seguidores. Ainda me pergunto por que Miguel não me deixou cair com meus irmãos e me manteve entre os "bonzinhos", como se nada tivesse acontecido. Acredito que ele pretenda me converter a seu aliado, pois seria uma vitória significativa sobre os caídos.

Como era ingênuo! Era mais fácil ele cair que me convencer a seguir qualquer caminho que não fosse da minha vontade. Não sou um humano idiota!

Os humanos se gabam de ter livre arbítrio. Dizem que isso os diferencia dos anjos. Mas o que os diferencia de nós é que temos poder e não perdemos tempo com medo da morte. Sempre tivemos escolha, se não fosse assim não haveria caídos, Lúcifer não questionaria, Miguel não aproveitaria a fraqueza do irmão para derrubá-lo em um abismo de escuridão e os anjos não os denominariam como brinquedos do Pai.

Estávamos divididos entre os que queriam proteger tais brinquedos e os que queriam brincar com eles. Divisão que vinha ocorrendo desde que Lúcifer fez Eva e Adão pecarem. E porque, cansado de ficar preso ao paraíso, eu escolhi brincar usando-os como soldados em guerra, me vi frente a frente com Miguel.

Ele fez um longo discurso sobre o tempo de vida que tirei de milhares sem justificativa, falou sobre consequências e um blá blá blá interminável. Se sentia o substituto do Pai desde que Ele não apareceu para impedir a batalha que causou a queda de Lúcifer, pois desde aquele momento Ele só fala diretamente com a sua segunda criação, Miguel. Pelo menos era o que ele nos fazia entender.

— Você nem parece estar me ouvindo – ele interrompeu o discurso com certa irritação.

— Estou sim. Apenas não me atraiu – respondi com um tom de deboche que sempre usava quando conversava com ele.

Acredito que as minhas palavras foram suficientes para ele, finalmente, entender que eu já tinha um lado e que não mudaria. Como diria os humanos: *aquele momento foi a gota d'água.*

— Benjamin, eu tentei ajudar, mas você escolheu o seu caminho – declarou me dando as costas. Suas asas brancas eram como um símbolo do muro que se ergueria entre eu e aquele lugar.

Antes que ele pudesse mudar de ideia, declarei:

— Não precisa me expulsar, Miguel. Faço questão de ir.

Foi essa conversa de poucas falas que determinou o meu destino.

Me chamam de Benjamin, no céu, na terra e no inferno. Alguns dizem que sou o melhor amigo de Lúcifer. Eu não costumo desmentir ou confirmar. Mas não me considero melhor amigo de ninguém. Apenas tenho as mesmas opiniões de Lúcifer e ele, também, não acredita em amizades. Desde a queda, o que nos une é o nosso desejo de usufruir de tudo e de todos. Lúcifer usa os humanos como meros instrumentos para provocar a Deus e eu me divirto no processo.

Sei que muitos pensam que a minha atitude não passa de uma tentativa de chamar a atenção. Talvez até seja, mas gosto de como sou.

Miguel realmente precisava me expulsar. As coisas que eu fazia era justamente para não ter que simplesmente virar as costas e partir. Eles gostavam de motivos e eu quis dar alguns. Agora tenho uma liberdade que muitos dos meus irmãos invejam e tem medo de buscar.

Não fui para o abismo, que meu "melhor amigo" transformou em seu reino, como imaginavam. Fui para onde menos esperavam; entre os mortais. Estava entediado e os humanos eram os brinquedos mais divertidos.

Depois da minha conversa final com Miguel, fui parar em Las Vegas usando um corpo humano que atraia a atenção de homens e mulheres. O dono do corpo era uma alma cheia de mágoas e perdido nas fantasias das drogas. Seria bom para ele um descanso enquanto eu usava sua carcaça.

Estava fazendo alguns imbecis perderem tudo para mim no *Poker*, quando Lúcifer apareceu e entrou no jogo.

— Imagino a expressão de Miguel ao perceber aonde você foi parar – comentou depois de algumas rodadas em silêncio.

— Você não parece surpreso – respondi sem tirar os olhos das cartas.

— Como estaria? Conheço o quanto o céu e o inferno podem ser tediosos em alguns momentos. E sei que prefere estar onde vai poder irritar Miguel o máximo que puder. Você pensa como eu, só que é um pouco ultrapassado.

Claro que ele diria algo que me fizesse inferior no final da frase, afinal era o príncipe do orgulho, tinha que estar acima de todos.

Deixei escapar um sorriso.

— O que faz aqui? – encarei o corpo humano que ele usava. Era um pouco esquisito olhar para Lúcifer usando o corpo de uma ruiva escultural. — E por que está usando essa humana como carcaça?

— Parece que tem uma eternidade que não conversamos, quis aproveitar a oportunidade. E a mulher é só uma humana qualquer.

— Uma mulher qualquer que arranca o pecado por onde passa – comentei sem disfarçar o sorriso cínico.

— Por isso dizem que somos melhores amigos, você me conhece bem demais.

O senti acessando os meus pensamentos, entendendo que o meu comentário se referia ao fato de que sempre encontrava um jeito de fazer os humanos pecarem.

Ele riu chamando ainda mais a atenção das pessoas para a humana que usava.

— Posso dizer o mesmo ou não me encontraria tão facilmente – disse voltando a atenção para as cartas.

— Sabe o motivo pelo qual Miguel o manteve entre os seus aliados esse tempo todo? Sabe por que o afastou de mim?

Apenas o encarei esperando a resposta. Mesmo que o tempo passasse de maneira diferente para nós, mais de seis mil anos era muito. Quando

Lúcifer caiu, os humanos tinham acabado de serem criados e passou tanto tempo que hoje posso me divertir em cassinos e voar em máquinas.

Enquanto esperava ele falar, tudo ao nosso redor parou. A vida dos humanos pausada graças ao poder do meu amigo.

Ele começou a dizer sem pressa:

— No início, ele pretendia apenas te castigar um pouco e depois enviá-lo ao abismo, mas ele descobriu o que o abismo significava e quis converter você e colocá-lo contra mim em uma atitude desesperada para não se sentir ainda mais inferior.

Ele fez uma pausa e eu esperei os lábios vermelhos da mulher que ele vestia se moverem novamente. Aquela explicação era pouco.

— Quando o Pai me deixou indefeso, ele não estava apenas me castigando; estava testando até onde Miguel poderia ir para se livrar de mim – continuou. — Ele queria escolher, entre os primeiros que criou, aquele que cuidaria do lugar que hoje chamo de *meu reino* e os humanos chamam de inferno.

Então, era por isso que Miguel me mantinha preso no paraíso. Não queria que eu soubesse a verdade de que o Pai não apareceu para ajudar Lúcifer naquele dia porque queria saber a verdade sobre as suas primeiras criações.

— Então, é por isso que as almas humanas vão para lá ser castigadas? O Pai já havia determinado todos os nossos passos. Claro que sabia que a sua nova criação cairia na tentação – ouvia muito falar sobre o céu e o inferno dos humanos. O céu era o Jardim do Éden e o inferno era o local que pensei ter sido criado por Lúcifer para torturar os brinquedos do Pai. Saber que Ele havia decidido aquilo me deixava ainda mais cheio de perguntas. Cada vez mais a existência de anjos e humanos fazia menos sentido para mim.

Alheio aos meus questionamentos internos, Lúcifer respondeu sorrindo com os lábios vermelhos da mulher:

— Isso. Eu não criei aquele lugar. Ele estava esperando por um de nós ou por nós três. Como fui o único que cai, me tornei o rei. Você ainda pode ser um dos príncipes.

Ignorei sua brincadeira e questionei:

— E o Éden? É verdade que o Pai cuida dele? Miguel me contou enquanto me mantinha quase prisioneiro. Disse que o Pai está lá e que só fala com ele.

— É verdade que Ele está lá, mas não fala com Miguel. Não fala com ninguém – ele colocou as cartas sobre a mesa viradas de forma que o seu jogo ficava escondido. — Agora, esqueça o nosso irmãozinho! Quero saber quando vai fazer uma visita ao meu reino. E quero, mais ainda, que esteja comigo nessa missão de castigar as almas doentias que me são enviadas aos montes.

— Vou só ganhar algum dinheiro fácil para a minha vida humana e apareço lá. Faço questão de torturar alguns. Já vi do que são capazes. Eles realmente merecem a tortura eterna. Miguel também merecia.

— Lá vai você retornando ao assunto Miguel! – revirou os olhos.

— Não consigo evitar. Aquele imbecil usou seu poder de mais velho para me manter aprisionado; como diria os humanos: em prisão domiciliar. Odeio aquele infeliz! Em pouco tempo, ele vai querer ser o todo poderoso – minha voz expressava toda a minha ira. — Quando finalmente cansou de brincar comigo, veio doido para fazer um discurso sobre quem somos e a importância da nossa existência pacífica e sob regras.

Conversávamos livremente sem nos preocupar com os humanos ao nosso redor, que continuavam congelados.

— E você não o deixou falar. Aposto.

Apenas ri, confirmando a suspeita dele, e comentei:

— Vou seguir o seu conselho e parar de pensar em Miguel. Agora é hora de aproveitar os benefícios de ser quase humano, por enquanto.

De repente, ele levantou:

— Tenho que ir. Quando for visitar o meu reino conversamos mais sobre a falta de sentido em tudo – riu um pouco. — Divirta-se. E deixe esses imbecis ganharem algum dinheiro para continuar perdendo, senão não tem graça.

— O que vou deixar é a carteira de alguns bem vazia – percebi que a presença dele me fazia bem. Não tinha dado atenção a isso antes de ficarmos tanto tempo separados. — Até mais!

Senti a presença dele sumir e ficar só a mulher um pouco zonza. E as pessoas voltaram as suas atividades como se houvesse passado apenas um piscar de olhos.

A mulher saiu da mesa e sumiu entre as pessoas que circulavam pelo lugar. Ninguém se importou com ela. As suas cartas sumiram como se ela nunca tivesse sentado para jogar. E eu soube que Lúcifer levou parte das memórias daquelas pessoas.

Voltei a minha atenção ao jogo e sorri ao ver uma mensagem na carta em minha mão. A mensagem dizia: *Você demorou a escapar do nosso irmão. Como castigo seus poderes só estarão disponíveis quando estiver em nossos domínios.*

Era assim que funcionava, ele e Miguel podiam fazer coisas como bloquear os poderes dos anjos que foram criados depois deles. Um detalhe que no dia da batalha não funcionou, ninguém sabe o porquê.

Ainda rindo, coloquei a carta sobre a mesa e nela apareceu a imagem que eu precisava para ganhar aquela partida. E continuei recebendo as cartas necessárias em todas as outras.

Depois de ganhar dinheiro, honestamente, enganando mortais, me instalei em uma bela mansão em San Francisco e mantive o corpo que usava. Abri uma empresa responsável por encontrar obras de artes entre os menos afortunados. Comprava a obra de um iniciante por um preço que deixava o *coitado* feliz e vendia por um preço que me deixava satisfeito.

Ser dono de uma grande empresa, muitas vezes, significava ser um deus para alguns humanos. Isso me divertia.

Desde o primeiro dia, com os meus funcionários, as regras eram duras. Nada de gestos ou palavras que indicassem religião. Se alguém tinha Maria no nome nem precisava deixar o currículo; coisas assim. Eu estava presente quase todos os dias nem que fosse por uns poucos minutos. Gostava do medo que os funcionários tinham da minha presença. E gostava, ainda mais, da reação das fêmeas. Descobri que sexo foi o maior presente que os humanos ganharam. Depois que experimentei, me tornei um viciado com muitas mulheres dispostas a aplacar o meu desejo.

Além dessa existência mortal, eu visitava Lúcifer em seu reino constantemente e ele também me visitava. O reino dele era algo como uma masmorra gigantesca, isolada dos humanos por um imenso portão visto apenas pelos anjos e pelo Pai. Era lá que Lúcifer reinava, do seu castelo sombrio onde nada do mundo humano entrava.

Tudo ia bem na minha vida humana, ... até que ela apareceu, com sua pele cor de chocolate e sua atitude de dona do próprio nariz. A mais intrigante entre todas as mulheres.

Entrei em casa amparando a minha mãe em um braço e as nossas bolsas no outro. Olhar seus pulsos enfaixados me causava muita raiva. Era difícil entender o motivo que a levou a fazer aquilo. Nada justificava sua atitude.

A deixei no quarto dela, para que repousasse, e me tranquei no meu chorando, jogada sobre a cama. Chorava e revivia os piores momentos da minha vida. Mesmo sabendo que era adotada, sempre achei a minha vida maravilhosa. Tinha pais adotivos amorosos, amigos que se importavam comigo. Eram raras as vezes em que me perguntava o motivo que levou meus pais biológicos a me abandonarem. Mas tudo começou a ficar estranho depois que fiz treze anos. Os olhares do meu pai me incomodavam e a forma como me abraçava fazia com que eu me sentisse estranha. Sem ter certeza do que estava acontecendo, passei a me afastar um pouco dele mesmo me recriminando, achando que aquilo era coisa da minha cabeça.

Não era.

O tempo passou e, poucos dias após completar dezoito anos, meu inferno começou. Meu pai entrou no meu quarto quando eu estava dormindo e me tocou em lugares em que não gostava nem de lembrar.

Acordar com as mãos do homem que chamo de pai me molestando foi horrível. O que me despertou foi uma tentativa de me penetrar com um dedo. A dor por ainda ser virgem me fez acordar e, ao sentir que havia alguém na cama comigo, sai dela desesperadamente e corri para o interruptor da luz.

Demorei para acreditar que não era um pesadelo, ao vê-lo sobre a cama em seu costumeiro pijama azul.

Ele dizia coisas como: "Relaxa só te fiz um carinho." "Foi só um dedo."

Me senti como se estivesse congelada. E ele percebeu, pois veio até a mim e acariciou meu rosto dizendo: "Ninguém vai te amar mais do que eu. Deixe-me te mostrar isso. Venha para a cama comigo".

Eu virei meu rosto com nojo. Balançava a cabeça como se assim fosse espantar a imagem e as sensações.

Quando me dei conta já estava entre as pernas dele, que se sentou na cama me puxando. Foi quando entendi a realidade cruel e me defendi com unhas, dentes, pernas e tudo mais que consegui.

Ele tentou me acalmar, mas não parei. Estava tão indignada que nem conseguia gritar. Só queria fazê-lo desaparecer dali.

Com medo do meu escândalo, ele saiu correndo do quarto.

E eu passei o resto da noite em claro, temendo que ele retornasse.

De manhã, a primeira coisa que fiz foi procurar a minha mãe. Não podia esconder aquilo dela ou poderia continuar, ou até piorar. A minha mãe era o meu exemplo; alguém que sempre me ouvia e aconselhava. Mesmo que se tratasse do seu marido, acreditei que pelo menos buscaria a verdade.

— Mãe, podemos conversar? – disse ao entrar na cozinha.

— Claro, querida. Sente-se e vamos conversar enquanto tomamos café da manhã.

Ela estava sorridente como em toda manhã. Cheguei a duvidar que realmente aconteceu algo durante a noite. Comecei a tentar me convencer de que foi um terrível pesadelo, mas minha consciência não me permitia.

Mesmo sem fome, me sentei, coloquei café em um copo e comecei a passar geleia em uma torrada. Tudo apenas para tentar aplacar o nervosismo.

— Antony já saiu? – consegui perguntar.

— Antony? Não quer dizer papai ou pai? – ela me olhou estranhando o jeito como falei.

— Aconteceu uma coisa muito desagradável ontem à noite. Nem sei como te contar – evitei olhar para ela.

— Sempre conversamos sobre tudo. Apenas fale.

— Isso é complicado.

— Fale de uma vez! – se mostrou um pouco impaciente.

— Ontem o Antony entrou no meu quarto e tentou me violentar – falei tão baixo que achei que ela não tivesse escutado.

— Quem? Seu pai? Está maluca? – sua voz demonstrava que ria de incredulidade.

Fiz um esforço e a encarei.

— Eu sei que parece loucura, mas não estaria contando para a senhora se não achasse que é o certo – o meu nervosismo chegava a me fazer tremer.

— Meu Deus! – ela parou de rir.

Acreditei que sua reação significava que acreditava em minhas palavras ou que pelo menos iria tentar buscar a verdade, mas ela me olhou com uma careta de asco antes de completar:

— Jamais esperei algo assim de você. Não sei o que pretende, mas não vai conseguir. Adotamos você como nossa filha e a tratamos assim desde o primeiro dia... e é assim que nos trata? Depois de termos nos sacrificado para te dar uma vida confortável?

Me levantei disposta a me defender, mas ela interrompeu antes que eu pudesse abrir a boca:

— Inventar uma mentira dessa é no mínimo ingratidão.

— Não é mentira! – me ouvi gritando. — E se não acredita em mim, tudo bem. Vou procurar um lugar para morar hoje mesmo.

Tinha muito mais para dizer, mas ela me interrompeu novamente:

— Então é por isso a mentira! Queria uma desculpa para nos deixar sem nenhuma consideração agora que se formou e vai procurar trabalho. Tem medo de que peçamos para ajudar nas despesas com seu salário?

— Claro que não! – eu já estava chorando. – Devo muito a vocês. Só que, até hoje, nunca pensei que o que gastavam comigo era para ser recompensado. Muito menos que o homem que chamo de pai possa fazer algo tão nojento.

— Vá! Vá viver a sua vida e nos deixe aqui sozinhos. Mas não use de mentiras.

— Não é mentira!

Ela se levantou de supetão e derrubou a cadeira antes de seguir para o quarto e bater a porta.

Fiz uma mala e ia sair de casa, mas, antes de chegar na sala, ouvi o grito da faxineira.

Foi quando encontrei a minha mãe com os pulsos cortados.

Com a ajuda dos vizinhos, a levei para o hospital.

Ela se mostrou tão abalada com a possibilidade de o marido ser um monstro que me vi mentindo e fingindo que tudo não passou de um pesadelo, que me abalou tanto que acreditei ser real. Não tive coragem de provocar ainda mais dor.

Ela aceitou a farsa. E eu passei a planejar uma forma de sair de casa sem problemas. Além disso, passei a tratar os dois com mais frieza e menos amor. Foi inevitável. Antony não falou nada sobre o que aconteceu com a esposa muito menos sobre sua visita ao meu quarto.

Para evitar que o incidente acontecesse novamente, eu trancava a porta do meu quarto toda noite e colocava um móvel na frente. Além disso, me livrei da minha virgindade na primeira oportunidade. Os pesadelos em que ele me forçava me deixou paranoica com a possibilidade de que ele fosse o meu primeiro.

Poucos dias depois, encontrei emprego em um escritório como auxiliar e passava a maior parte do tempo longe de casa. Voltava apenas para dormir, com a porta trancada e o móvel de garantia, mesmo nos fins de semana.

Do meu salário dava a metade para as despesas da casa; ainda que percebesse, com o tempo, que minha mãe usava para suas despesas pessoais. Não reclamei.

Ela me fez acreditar que os devia pelos anos que me sustentaram.

Passei alguns anos trabalhando no escritório e estudando arte em uma universidade pública.

Estudava na mesma sala que a minha melhor amiga, Naomi. Nos conhecíamos desde o ensino fundamental.

Quando contei para ela sobre o assédio de Antony, ela fez um escândalo:

— Desgraçado! Tem que denunciá-lo! – gritou sem se importar com as pessoas ao redor. Estávamos em uma praça perto da escola onde estudamos na infância.

— Fala baixo, por favor! – implorei.

— Isso não pode ficar barato – resmungou mais baixo.

— Esquece. Denunciá-lo não vai me ajudar em nada. O que quero é um bom emprego para ir em busca de uma casa só minha.

— Que emprego? Pelo que me contou esses dois estão cobrando por ter te criado. Como se tivessem feito um grande sacrifício. Você estudou em escola pública e agora está em uma universidade pública.

— Eu sei que você tem razão, mas...

— Mas nada. Você trabalha como louca e seu dinheiro fica tudo nas despesas deles e da faculdade. Deve ter um ano que não compra nada para você. E vem me dizer que aquele monstro tentou te estuprar – ela estava indignada. — E só me contou agora. Não posso acreditar!

— Nem pretendia contar. É vergonhoso. Só contei porque quero a sua ajuda.

— Faço o que puder. Olha, eu consegui um emprego em uma ótima empresa e, em breve, vou ter o meu próprio apartamento. Assim que surgir uma vaga vou fazer o impossível para ser sua e, quando estiver em meu apartamento, quero que more comigo.

A abracei emocionada.

— Muito obrigada!

Demorou um pouco, mas surgiu uma vaga e Naomi me conseguiu uma entrevista de emprego na Art's. Era uma empresa relativamente nova que já vinha fazendo sucesso pelo mundo.

Naomi já estava morando no novo apartamento, porém não consegui ir. Minha mãe teve uma crise de depressão quando anunciei a minha partida. Cheguei à conclusão de que eu só sairia de casa morta ou casada. Em qualquer outra situação caberia chantagem emocional e eu cairia porque me sentia em dívida com eles por cuidarem de mim quando meus verdadeiros pais não quiseram.

No dia da entrevista na Art's, a mulher do departamento pessoal, uma loira escultural, pareceu gostar de mim, mas um obstáculo estava ali desde o primeiro momento.

Naomi já tinha me confidenciado que o dono só permitia mulheres lindas, mas esse não era o obstáculo porque qualquer uma podia ser contratada, uma vez que a beleza dependia do humor dele. O obstáculo era o meu nome. O excêntrico dono parecia detestar Deus e tudo que pudesse lembrar Ele. Os funcionários apelidaram o chefe de Demônio Grego por causa do quanto ele era demoníaco, em todas as situações, e em como isso era ofuscado pela sua beleza extraordinária.

— Já fui informada que o meu nome pode ser um problema, mas se me der uma oportunidade posso até alterá-lo – avisei a entrevistadora quando percebi sua expressão de "sinto muito".

— Gosto da sua atitude e dos seus conhecimentos – comentou sorrindo. — Tenho uma ideia; como o dono não costuma se envolver demais com a vida pessoal dos funcionários, vamos colocar que seu nome é Tiffany no crachá. O que acha?

— Nome de prostituta. Tenho certeza de que não vai chamar a atenção dele. Gostei! – sorri e pensei em como Naomi reagiria ao saber do meu novo nome.

— Então Tiffany, vamos aos detalhes. Essa é uma empresa comum, com as leis exigidas em todos os lugares. O nosso chefe é uma pessoa que chama a atenção das mulheres, então se tiver qualquer problema com ele pode procurar o departamento pessoal. Só estou te avisando porque não é proibido que as pessoas transem.

— Não entendi, mas seguirei as leis sem desviar.

Ela riu.

— Você me parece uma pessoa honesta. Só um último aviso: não acredite que um olhar intenso significa casamento.

Escutei com atenção as orientações da mulher. Tanto as explicações normais, quanto as estranhas, como os vários avisos para não se apaixonar pelo chefe.

Na semana seguinte, Tiffany estava trabalhando no mesmo departamento que Naomi.

Não demorou para eu descobrir o motivo das estranhas explicações da loira do departamento pessoal.

A primeira vez que Benjamin Graham me olhou, eu perdi até o rumo. Ouvir várias vezes por dia o quanto ele era bonito não me preparou para o encontro em si. O homem parecia ser um daqueles modelos que arrancam suspiros em produções de Hollywood. Devia ter algo em torno de dois metros de altura. Seu corpo parecia perfeito, tanto que despertava a vontade de despi-lo do terno caro. Para completar, os cabelos um pouco longos eram raspados nos lados e alguns fios teimavam em cair sobre o rosto dele. Um rosto lindo onde uma barba e um bigode ralos, somados a uma convidativa boca, o deixavam com ares de anjo, demônio, vampiro, sei lá. Talvez esse nem fosse o problema; o que arrasava era quando os olhos de cores diferentes penetravam os nossos.

O primeiro encontro foi no meio do corredor principal do escritório, onde ficavam vários atendentes e caça-talentos.

Eu ia em busca de Naomi para almoçarmos e ele ia em direção a sua sala que ficava no fim do ambiente.

Quando estávamos prestes a passar um pelo outro, fiz a única coisa que não devia; fiquei parada na frente dele, encarando-o.

Ele sustentou o meu olhar por alguns segundos, antes de rir e voltar ao seu caminho.

Voltei a andar balançando a cabeça para afastar a imagem perturbadora.

— Tá bom! Só faltou pedir autografo, confesso. Mas é muita injustiça ser tão perfeito. Ele não precisava ter olhos tão lindos – resmunguei me aproximando de Naomi que tentava disfarçar o riso. A imagem do chefe ficou gravada na minha mente.

Ela me abraçou pela cintura e me conduziu para fora da empresa.

— Um azul e um verde para escolher qual mexe mais com os seus sentidos – riu. — Vamos! Te ajudo a caminhar. Sei como deve estar se sentindo.

— Você também sentiu um desejo fora de controle? Sentiu vontade de abraçá-lo e nunca mais soltar? Ouviu como se uma música tocasse acalmando e bagunçando seus sentimentos?

Eu ia dizer mais coisas, mas Naomi me interrompeu:

— Pode parar! Você já tem problemas demais para se apaixonar por alguém tão inacessível. Pode ter sonhos eróticos, mas nada de sentimentos bagunçados e harpas tocando.

— Eu não disse que a música era de harpas. Na verdade, ouvi foi algo como uma sinfonia – brinquei para mostrar para ela que eu não estava em busca de mais problemas.

Naomi me olhou da cabeça aos pés como se analisasse um produto.

— Nem vou me preocupar. Com esse seu estilo de professora aposentada, não vai chamar a atenção nem do faxineiro.

Olhei o meu reflexo no espelho do elevador e concordei com ela. O coque e o terninho cinza, combinando com a saia que ia até os joelhos, não ajudavam a minha aparência e a falta de maquiagem dava o toque final ao desastre.

— Um batom não mata ninguém! – Naomi opinou enquanto também aproveitava o reflexo para ajeitar os cabelos loiros sobre os ombros.

— Eu vou melhorar, mas só daqui alguns meses. Não quero que ninguém ache que estou me arrumando só porque vi o chefe – enquanto ela ria, eu completei: — Também prefiro cuidar da minha aparência quando estiver morando sozinha.

— E quando isso vai acontecer?

— Em breve. Vou dizer a eles que vou me casar. Quero ver se vão tentar me impedir.

— Ainda acho que não precisa disso tudo. Tem que parar de aceitar as chantagens da sua mãe.

— Tá bom! Vamos voltar ao assunto anterior. Você não respondeu se sentiu algo pelo chefe – não queria perder o apetite falando dos meus pais adotivos.

— Senti o mesmo que sinto quando assisto um filme com um ator lindo. Só não ouvi música e o vi em câmera lenta, como você. Sou realista. Aquele dali não é homem para se apaixonar. E você sabe que prefiro pessoas normais.

— Aí, que banho de água fria! – brinquei.

Seguimos para um restaurante popular, falando sobre moda e homens bonitos.

Meus próximos encontros com Benjamin Graham tiveram o mesmo efeito devastador do primeiro, mas, com o tempo, aprendi a disfarçar. Ele tinha um olhar que nos confundia. Qualquer coisa que conversasse com a gente dava a sensação de convite ao sexo. Talvez por causa do seu tom de voz macio, firme e levemente rouco. Toda vez que falava comigo me deixava completamente molhada.

Claro que evitei falar sobre o meu lado lascivo para Naomi. Temia que ela comentasse sobre isso quando estivéssemos na empresa e ele descobrisse. Não que Naomi fosse fazer fofoca, mas ela se alterava quando conversávamos, dependendo do assunto.

Com o passar do tempo descobri que amava trabalhar na Art's. E todos os dias ia sorrindo para a empresa. Os problemas em casa era outra coisa, mas eu resolveria. O tempo resolvia tudo.

Não jure ou diga o nome dEle

Eva

— Eva, onde você pensa que vai com esses cafés?
– Naomi parou na minha frente com os braços abertos
de forma teatral. Seus cabelos balançavam de um lado
para o outro por causa do rabo de cavalo.

— A secretária do senhor Benjamin pediu, para os
executivos em reunião – revirei os olhos ao lembrar de
Yara, a mulher ruiva que se achava a primeira dama
da *Art's*. — Aquela bruxa acha que é a esposa e que
nós somos seus escravos.

— Você quer ser demitida? Sabe que isso quase
aconteceu só porque ele ouviu o seu nome. – Naomi
tirou a bandeja das minhas mãos. — Deixe que eu levo.

— Leva mesmo porque a culpa é sua por me chamar pelo meu nome verdadeiro quando o todo poderoso, Benjamin, estava passando – resmunguei.

Simplesmente deixei ela levar o café e voltei para
a minha mesa. Ela tinha razão, minha permanência na
empresa dependia de permanecer quietinha. Mas era
exagero dizer que quase fui demitida. O chefe só quis

saber o que estava acontecendo ao ouvi-la me chamar de Eva. Na hora que o vi nos encarando, com uma expressão de quem pega uma criança fazendo arte, tudo que consegui fazer foi imaginá-lo me punindo de uma forma muito erótica. Minha sorte é que Naomi se adiantou e justificou que me chamou de Eva por brincadeira. Ele apenas saiu com um sorriso de quem não acreditava, e Naomi ficou o dia todo falando sobre as minhas reações diante do chefe.

Quando ela voltou para a sala, foi direto a minha mesa.

— Você brinca com fogo, garota. Sabe que só conseguimos te manter aqui porque o chefão não fica perdendo tempo analisando os documentos dos funcionários e comparando com os nomes e fotos dos crachás.

— Não entendo. Como ele pode odiar meu nome só porque é de uma pessoa citada na bíblia?

— Já te expliquei. O comentário geral é que ele odeia tudo relacionado a Deus.

— Deve ser um demônio disfarçado.

— Se for, é um motivo a mais para se manter longe.

— Ele sabe de tudo que acontece nessa empresa. Deve saber que mudamos o nome. Evitá-lo não vai mudar nada – duvidava que aquele homem de olhar profundo deixasse escapar qualquer detalhe, seja qual fosse a situação.

— Não custa tentar.

Para deixar Naomi menos nervosa, aceitei ficar mais quieta e passar longe do chefe sempre que possível.

A reunião terminou, mas eu estava atolada em trabalho para sequer ter tempo de olhar os magnatas que saiam da sala do chefão. Esse foi o meu erro. Se tivesse olhado teria visto que Benjamin vinha em minha direção. E não teria me assustado quando, parado ao lado da minha mesa, ele disse:

— Senhorita Hughes, venha até a minha sala.

Não tive tempo de me recuperar do susto. Ele só disse e saiu andando, ciente de que eu teria que segui-lo.

Os poucos passos até a sala não foram suficientes para que eu pensasse em algo para justificar, se ele fosse me acusar de alguma coisa, então decidi deixar rolar. O medo é o nosso pior inimigo.

Ele foi até a sua mesa e se sentou em sua cadeira, antes de dizer:

— Estou curioso com uma coisa.

— Se eu puder ajudar, senhor Graham – eu queria parar de tremer. Assim como queria não notar o quanto ele era lindo, mas era impossível.

— Tenho certeza de que pode. Estou com alguns documentos seus que me confundem, pois tem dois nomes diferentes. Por favor, pode me dizer por qual nome devo chamá-la e qual o motivo dessa bagunça? – sua voz não continha acusação. Ele parecia calmo e apenas curioso.

Se minha cor permitisse eu ficaria mais branca que papel. A única alternativa era a verdade, mas uma verdade que não prejudicasse outras pessoas.

— O senhor pode continuar me chamando de senhorita Hughes – vi que minha resposta fez nascer um sorriso cínico em seu rosto, deixando-o ainda mais belo, porém tratei de continuar e disse a verdade. —

Houve uma mudança porque soubemos que o senhor não gosta do meu nome.

— Acha que pode brincar comigo, senhorita Hughes? – sua voz, ameaçadoramente sexy, me fez estremecer.

— Não é a minha intenção. Eu juro! – fui falando e me arrependendo. O brilho no olhar dele me fez recordar as palavras de Naomi: "Ele demitiu uma mulher grávida só porque ela jurou."

— Acho que é a sua intenção. Acho que quer me provocar – ele saiu da cadeira e se sentou na mesa, em uma pose que mostrava toda a sua imponência.

Não respondi. Ele me deixava nervosa. Acabaria dizendo mais coisas que não devia.

— Sabe quem foi Eva? – antes que eu respondesse, ele continuou: — Foi a primeira a pecar contra Deus e a primeira a induzir outro a pecar. Ela é um exemplo de que o homem fez um "excelente" uso do livre arbítrio. Por isso, corrija o seu crachá e esqueça esse nome de prostituta barata. Chamá-la pelo seu verdadeiro nome me faz pensar em pecado e isso me agrada.

Percebi que a visão dele sobre essa história era cínica, mas não me importei. Eu também tinha as minhas dúvidas sobre tudo que envolvia o criador do universo. E quando pensava que muitos sofriam por um erro de alguém que nem sabia ser real, essas dúvidas aumentavam.

Isso não me fazia incrédula de tudo. Eu simplesmente preferia agradecer a minha vida vivendo da melhor forma possível, sem pensar em motivos para existir. Aproveitaria cada dia da minha existência com intensidade.

Enquanto pensava na situação, vi que ele esperava uma resposta.

— O senhor é uma pessoa muito estranha – me ouvi dizendo, sem pensar nas consequências.

Ele riu. Parecia que essa era resposta que esperava.

— Acho que vou me divertir perturbando você – disse me olhando da cabeça aos pés. — Vai ser melhor que demiti-la. Pelo menos, por enquanto.

Permaneci muda por alguns instantes. O medo da sua ameaça me fazia tremer. Mas o sorriso cínico em seu rosto fazia desabrochar uma fera dentro de mim. Acabei o enfrentando.

— Pode me perturbar, senhor Graham. Desde que esteja dentro da lei, pois assédio é crime.

Ele simulou bater palmas, enquanto dizia:

— Ora, ora, não é a mocinha medrosa que imaginei! Estou cada vez mais feliz com as descobertas.

Eu não podia ficar mais tempo com ele. Era uma conversa estranha e sua presença mexia comigo.

— Algo mais em que eu possa ser útil? – tentei encerrar nossa conversa.

— Pode ir, senhorita Hughes. Teremos muitas oportunidades.

— Com licença, senhor Graham.

Sai da sala ciente de que estava pálida, gelada e tremendo. Não quis saber a que oportunidades ele se referia.

A secretária dele estava indo em direção a sala e me olhou sem disfarçar o sorriso de deboche. Queria que eu soubesse que meu nervosismo era evidente.

Sem querer, fiz uma careta quando ficamos quase frente a frente.

— Você não vai durar – ela debochou e continuou andando.

A aposta entre anjos

Benjamin

Depois que Eva saiu, a sala pareceu mais fria. Ela não era a mulher mais bonita que já conheci, não se vestia com elegância ou sensualidade, porém provocava meus desejos mais intensos. Mexia comigo desde o primeiro momento em que a vi. O jeito como enfrentava, mesmo com medo, me fascinava, mas não era apenas isso. Meu corpo a desejava e me fazia imaginar ela nua sobre a minha cama, me chamando com sua voz sedutora, me olhando com seus olhos castanhos cheios de desejo. Na minha imaginação, seus cachos soltos e espalhados sobre meus travesseiros emanavam um perfume que me guiava em direção a sua barriga lisa e seus seios pequenos, ao quais eu sugava com intensidade, antes de descer lambendo toda a extensão da sua barriga até finalmente separar suas pernas com as mãos e mergulhar meus lábios em seus segredos mais ocultos.

Tais desejos me assolavam sempre que a via e ficava mais forte quando passávamos algum tempo a sós.

— Também quero – falei olhando para a minha ereção. — Mas vai ter que ser com outra porque essa ainda não está no ponto para ser consumida.

Peguei o telefone e chamei Suzan, minha deliciosa diretora geral, para uma reunião de última hora.

— Ela vai dar um jeito em você – declarei após desligar.

Antecipava mentalmente o que aconteceria em poucos minutos. Suzan era feita para o sexo, uma morena de seios fartos, corpo cheio de curvas e um apetite enorme.

Com a frequência em que estava solicitando os favores dela, logo teria que dar um fim antes que ela começasse a entender errado, ou pior, antes que começasse a entender o verdadeiro motivo da minha libido no trabalho. Se ela descobrisse que uma mulher era capaz de mexer comigo, podia atacar a suposta rival. Seria injusto. Por mais caído que eu fosse, ainda acreditava que só merecia o mal quem fazia o mal e o único erro da senhorita Eva Hughes foi mentir o seu nome.

Cheguei em casa um pouco irritado. Ainda não me sentia satisfeito. Mesmo depois de *comer* a minha diretora no escritório e no estacionamento.

Enchi uma taça de absinto e, olhando para ela, virei a garrafa na boca.

Foi quando senti a presença.

Olhei em direção ao bar e lá estava ele, em pé, encostado tranquilamente na bancada.

— Ora, ora! A que devo essa ilustre visita?

— Só vim conversar com o meu *melhor amigo*. Como vai sua tentativa de conquistar o mundo dos humanos? – dessa vez Lúcifer usava o corpo de um homem negro de aproximadamente trinta anos.

— Excitante – apontei o sofá. — Sente-se.

Ele se sentou e esperou que lhe entregasse uma taça do absinto que eu estava consumindo direto na garrafa. Sabia que eu tinha elegido essa bebida como a minha favorita por puro capricho. Os humanos se gabavam de ter coisas, supérfluas, favoritas, ...eu também podia ter.

Depois de tomar o segundo gole, comentou:

— Lembra por que foi expulso do céu?

— Eu *saí* porque Miguel é um imbecil e porque o Pai dá mais atenção a esses seres frágeis que chama de homens – o corrigi, lembrando do longo tempo em que achei que ele estava no abismo, antes de descobrir que o Pai havia transformado o lugar em um local de penitência para humanos pecadores.

— Então, estive discutindo com nosso bondoso Miguel e ele, como sempre, passou algumas horas justificando a criação dos humanos.

Nem questionei a forma como ele se referia a Miguel. As idas e vindas do ódio entre eles era algo comum. E continuou assim, mesmo depois da "queda".

— Tem um assunto mais chato? – não estava com ânimo para esse tipo de conversa.

— Relaxa. Consegui deixar as coisas mais interessantes – sorriu mostrando os dentes perfeitos do humano que vestia. — Apostamos a alma de uma humana. Ela foi escolhida em um sorteio entre todas as almas.

— O que eu tenho a ver com a brincadeira de vocês? Vou participar? – parecia algo divertido.

— Achei que gostaria de saber que a sorteada é a sua funcionária Eva Hughes.

Cai na risada, enquanto Lúcifer completava:

— Pode me ajudar e se divertir um pouco.

— Diga qual o pecado ela tem que cometer. Estou começando a gostar da brincadeira.

— Ela só precisa oferecer a alma em troca de algo mundano.

— Qualquer coisa? – não quis dizer para Lúcifer que estava me fazendo um favor ao me dar um motivo para devorar a minha funcionária. Já imaginava formas de usar a aposta para ter acesso a cada pedacinho daquela pele cor de chocolate.

— Sim. Simples, não? – ele virou o absinto sem nenhuma careta. — Miguel que escolheu o pecado. Depois que realizei o sorteio, ele fez a escolha.

— Prazo?

— Um ano. Miguel vai escolher um anjo para protegê-la e impedir que eu a force, e eu posso mandar um amigo tentá-la.

— Eu topo – sabia que esse amigo era eu.

— Tinha certeza que ia gostar do meu presente. Agora vou voltar e liberar um cantinho para a alma da senhorita Hughes – declarou, certo de uma vitória.

— Só mais uma coisa; o que vocês ganham?

— Se Miguel ganhar vou ficar uma década sem permitir que nenhum dos meus "funcionários" influenciem os humanos.

— E se você ganhar?

— Ele vai passar dez mil anos no inferno, seguindo todas as minhas ordens e sendo torturado.

Claro que Lúcifer não aceitaria menos que isso. E Miguel era outro que sempre acreditava piamente na sua própria vitória.

— Faço questão de visitá-lo no inferno – gostei do que ouvi.

Dessa vez foi Lúcifer que riu, antes de sair dizendo:

— Em breve trago mais detalhes.

Depois que Lúcifer se foi, decidi correr um pouco. Enquanto corria, imaginava o que poderia fazer para ter a chance de convencer Eva a vender a alma. Foi quando algo me ocorreu; "o pai adotivo dela". Muitas vezes ouvi conversas entre ela e a amiga Naomi onde falavam sobre o assédio do tal pai. Lembrei de uma conversa especifica onde ela falava sobre a possibilidade de se casar para sair de casa.

Posso dar a ela um escape para fugir do assédio. Mas não seria suficiente para ela vender a alma. Muito menos ajudaria no meu objetivo de despi-la completamente e provar de cada pedacinho do corpo que ela esconde por trás de roupas nada sensuais. Precisava de uma abordagem em que pudesse aproveitar o prazo que a aposta duraria.

Um contrato de casamento seria o ideal.

Parei um pouco a corrida na rua deserta.

Calma, é mais saboroso quando se brinca com a comida – repreendi o meu corpo ao ver uma ereção se formar diante da imagem que se fixou em minha mente. A imagem das minhas mãos despindo Eva de um vestido de noiva.

Entre anjos e monstros

Passou alguns dias sem que o senhor Benjamin me perturbasse como havia ameaçado. Só que isso não significa que minha vida se tornou mais calma. Além de ser perturbada por sonhos eróticos que envolviam meu chefe, ainda tinha que lidar com os problemas em casa.

— O que aconteceu com o seu rosto? – Naomi me segurou pelos ombros assim que me viu chegando na empresa. Por sorte ninguém estava olhando, pude afastar as mãos dela e explicar sem estardalhaço. Sabia que algo assim aconteceria quando ela visse o curativo.

— Foi só um pequeno acidente. Bati a testa na madeira da cama quando cai.

— Conta a verdade. Foi o seu pai? – ela não se convenceu.

— Não exatamente. Esqueci a porta do quarto aberta e ele quase entrou, mas consegui fechar a tempo. O problema é que estava tão afobada que tropecei nos meus próprios pés e cai de cara no chão.

— Menos ruim. Mas, mesmo assim, você precisa resolver isso logo. Qualquer dia você pode não conseguir fechar a porta.

— Estou pensando em uma forma de resolver isso.

— Você tem vinte e dois anos. Sai logo daquela casa – como em todas as vezes em que falamos do meu problema familiar, Naomi se mostrou irritada.

— Não é simples. Já tentei sair duas vezes e nas duas vezes tive que voltar porque minha mãe tentou se matar – expliquei pela enésima vez. — Não posso carregar a culpa da morte dela. Isso me destruiria bem mais que as decepções que enfrento hoje.

— O que ela quer, pelo amor de Deus? – riu um pouco apesar do nervosismo. — Que o chefe não nos ouça citar o nome Dele.

Ignorei o seu comentário sobre o chefe e respondi:

— Acho que, no fundo, ela acha que está me fazendo um bem. Ela não acredita que o marido possa ser o monstro que pinto.

— Não me faça rir.

— É verdade. Eu falei com ela sobre um namorado inventado e um possível casamento e ela me apoiou. Esse vai ser o jeito que vou sair; casada. Só preciso de um marido mesmo que provisório.

— Ai, amiga! Não queria estar na sua pele. Essas pessoas te adotaram e te criaram, mas não têm direito de usar isso para machucá-la.

— Eu sei.

Fiquei olhando enquanto Naomi seguia para a sua mesa indignada com as coisas que me aconteciam.

Enquanto a olhava, me perdi em pensamentos. Pensamentos terríveis que misturavam as lembranças dos dias felizes que vivi com meus pais adotivos e os dias de medo que começou junto com o desenvolvimento do meu corpo.

Faltavam poucas horas para o fim do expediente, quando recebi uma ligação direta da sala do chefe.

— Venha a minha sala – ele ordenou e desligou.

Eu estava tão chateada com os problemas em minha casa que nem me importei com a forma grosseira como fui chamada.

Me levantei, bloqueie meu computador e segui a passos lentos até a sala da secretária.

— O senhor Graham me chamou, precisa me anunciar?

— Não. Ele está esperando – respondeu claramente irritada.

— Obrigada! – tentei sorrir, mas não consegui.

— Me chamou, senhor Graham? – anunciei minha chegada após bater na porta e entrar.

— Sim. Feche as persianas e sente-se.

As palavras dele me fez pensar em meu pai. Me fez lembrar das suas tentativas nojentas.

Obedeci, mas pronta para me defender se ele tentasse algo.

— Fique tranquila, senhorita Hughes. Não sou como o seu pai. Minha intenção não é atacá-la. É fazer uma proposta – declarou com uma voz quase rude.

O olhei apavorada. Como ele sabia do meu pai?

— A resposta à pergunta, que imagino que esteja fazendo, é que posso ouvir tudo que os humanos dizem, mesmo que estejam longe. Não posso ouvir pensamentos, então, se acalme.

"Humanos?"

Sem saber o que dizer, esperei tão imóvel quanto uma estátua.

— Antes de começarmos as negociações quero que veja uma coisa.

Ele foi para o meio da sala e vi algo surreal. Das suas costas, surgiram imensas asas tão negras quanto a noite. Aquelas asas conseguiram deixá-lo ainda mais perfeito.

Diante de algo assim, tão surreal, fiz a única coisa que era possível; cai desmaiada no sofá.

Quando despertei, ele estava de pé ainda com as asas abertas. Cobri os olhos com as mãos e fui tirando devagar como se as asas fossem sumir com esse ato.

— Sente-se. Já desmaiou. Agora vamos as negociações – ele ordenou.

— Por que você tem asas? – gaguejei enquanto obedecia.

— Eu sou um anjo. Imagino que já saiba a definição da palavra anjo, então não preciso explicar muito. Só precisa saber que não sou um dos bonzinhos. Alguns dizem que sou o melhor amigo de Lúcifer.

Um anjo? Como assim um anjo?

— O que-que deseja de mim? – ainda gaguejava.

Ele estava parado na minha frente com suas poderosas asas me intimidando mais que a sua aparência.

— Escutei a sua conversa com sua colega sobre os problemas que tem em casa. Quero te propor um acordo.

A palavra acordo me fez lembrar dos filmes sobre pactos com o diabo.

— Você é um dos anjos caídos que aparece na bíblia? Quer que eu faça um pacto para vender a minha alma?

— Se fosse isso você aceitaria? – sua sobrancelha arqueada o deixou com uma expressão arrogante que me fez ter mais controle sobre as minhas emoções.

— Não. Eu teria problemas maiores se vendesse a minha alma – declarei sem titubear.

— Garanto que não teria, mas o acordo não é esse – ele sorriu antes de dizer: — Proponho que se case comigo para que você possa sair da sua casa sem que sua mãe se mate.

— E o que você ganha com isso? – estava tão surpresa com a proposta que esqueci de chamá-lo de senhor.

— Em troca você me dá um ano para tentá-la de todas as formas possíveis. Eu quero saber até que ponto consegue se manter fiel ao princípio de não vender a sua alma.

— Seria um casamento de aparências? – não consegui evitar que minha imaginação desenhasse alguns cenários de um casamento entre aquele anjo e eu.

— Claro! Para ter sexo comigo você teria que vender a sua alma.

Fiquei tentada a aceitar. Um casamento de aparências por um ano seria o ideal para eu conseguir me afastar da minha mãe e do monstro do meu pai.

— E nessas tentações, você usaria de violência ou algum tipo de tortura?

— Claro que não! Reservo prazer e violência para pessoas privilegiadas – ele falava tranquilamente como se explicasse termos de um contrato comum.

— E se o senhor estiver fazendo isso para me enganar e levar a minha alma – deixei o meu medo se transformar em palavras.

— Não é assim que funciona. Almas enganadas são resgatadas pelos "bonzinhos". Ao assinar o contrato você tem que estar ciente. Vamos, aceite de uma vez! Você não vai ter outra chance. E só precisa resistir a um ano de tentações. Garanto que ser tentada por mim é melhor que ser assediada por seu pai.

— Ele não é meu pai! – percebi que falei alto demais, mas era tarde para corrigir. Apenas rezei para que ninguém tivesse escutado fora da sala.

— Seu pai biológico não é muito diferente dele. Você só está aqui porque uma mulher medrosa não teve coragem de abortar o fruto de um estupro. Preferiu abandoná-lo e fingir que nunca existiu. Ela vive com a sua nova família em outro país. Enquanto isso seu pai foi finalmente preso depois de vários crimes hediondos. Se quiser, posso levá-la para visitá-los.

— Como sabe essas coisas? – o encarei, quase implorando para que revelasse que era tudo mentira. Costumava imaginar que meus pais me abandonaram porque não tinham condições de nos manter. Até cheguei a criar uma história, na minha cabeça, onde eu ficava rica e ajudava meus pais biológicos a terem uma vida confortável.

— Não é difícil saber de coisas tão insignificantes. Diga de uma vez se aceita a minha proposta.

Ele não parecia nem um pouco preocupado com a possibilidade de me ferir com a sua revelação de anjo do mal. Deixei para sofrer sobre um passado que não conhecia em outro momento e me foquei no que estava acontecendo naquela sala.

Pensar em me afastar de casa já me fazia sentir bem, mas ainda assim era assustador ser contratada para ser tentada por um anjo de asas negras.

— Eu não sei – respondi baixinho.

— Você vai aceitar. Vinte e quatro horas é o suficiente para se decidir.

— Ainda acho que não é uma boa ideia.

— Espero uma resposta definitiva até amanhã nesse mesmo horário. Agora pode ir. Não preciso mais de você, por hoje – ele parecia não ouvir as minhas dúvidas.

Sem opções, apenas sai da sala tentando ao máximo esconder minhas emoções à flor da pele.

O tempo passou mais rápido do que eu esperava. Talvez fosse efeito do prazo que Benjamin Graham me deu.

Cheguei em casa sem nenhum ânimo. Saber que a oportunidade de me afastar da dor era me colocar a disposição de um demônio não era a melhor coisa. Eu teria a desculpa perfeita para sair de casa se me cassasse com ele, porém isso me deixaria a mercê de Benjamin e de tudo que a sua presença me fazia sentir. Seria um ano que poderia mudar a minha vida. Isso me deixava zonza.

Por causa da minha mente estar uma bagunça, acabei cometendo um erro.

Estava terminando de me livrar da calça, para tomar banho, quando uma mão me envolveu pela cintura e me vi nos braços de quem menos queria.

Dessa vez ele foi mais ousado. Não havia como tentar justificar com a possibilidade um pesadelo.

— Me solta! – rosnei. — Me solta ou vou gritar.

— Pode gritar o quanto quiser. Não tem mais ninguém em casa. Sua mãe saiu e vou aproveitar para te mostrar o que é ser comida por um homem de verdade.

Comecei a gritar e a me debater para sair do seu abraço. Quando ele enfiou a mão na minha calcinha perdi qualquer controle. Era como se a mágoa controlasse os meus atos. Empurrei, soquei, chutei, gritei, rosnei. Agi com tanta violência que Antony saiu do quarto me olhando com medo, como se visse um monstro. Sangue escorria do seu nariz.

"Não dá mais para viver assim. Por que minha mãe não enxerga o mal que está me causando?"

Tomei banho devagar, gastando mais água que o necessário, na esperança de fazer a sensação do toque de Antony sumir. Ficar um ano sendo tentada por Benjamin se tornava cada vez mais a melhor opção. Pelo menos se ele tentasse algo contaria com o consentimento do meu corpo, mesmo que a minha mente achasse errado.

Era quase meia-noite quando decidi conversar novamente com a minha mãe. Era isso ou passar a noite em claro remoendo a droga de vida que levava.

Me vesti com um roupão e praticamente me arrastei até a porta deles. Acordaria os dois se necessário, seria desumano continuar vivendo assim.

Quando levantei a mão para bater, ouvi a voz um pouco exaltada da minha mãe.

— Por que fez isso de novo? Tem tantas mulheres nessa cidade para suas brincadeiras. Você vai acabar se encrencando. Não faz muitos dias que tive que interceder porque você comeu a filha mais nova da vizinha e a menina contou para a mãe. Eu tive que fazer a menina criar fama de vagabunda para te livrar.

— Sem sermões. Vamos deixar o passado no passado – sua voz era irritantemente cínica. — Querida, por que ela não pode ser a minha distração? Nós a criamos. Ela nos deve.

Ouvi a risada dela.

— Você é um crápula!

— Um crápula que você ama. Me conheceu assim e se apaixonou. Vai, me ajuda a comer a nossa filhinha antes que ela pare de aceitar as suas chantagens emocionais.

— Não sei. Ela sustenta os meus caprichos enquanto você se nega. Se não fosse tão bom de cama, eu já teria te trocado por um crápula mais rico.

Minha mão continuava na mesma posição enquanto eu, congelada, chorava em silêncio.

— Você terá tudo que me pedir, prometo.

— Adoro ouvir isso. Deixa comigo! Amanhã é o aniversário dela e vamos dar uma festa quando ela voltar do trabalho. Compra alguma coisa que faço ela beber.

— Te adoro porque você é tão sem escrúpulos quanto eu.

Os próximos barulhos foram tão horríveis quanto a conversa. Gemidos e palavrões. Eles simplesmente começaram a transar, depois de uma conversa que parecia diálogo de filme de terror.

Fui para o meu quarto e fiz uma mala, colocando tudo que era necessário para nunca mais precisar voltar. Era tudo automático e embaçado pelas lágrimas. Era difícil aceitar que minha vida feliz foi apenas uma ilusão, que os pais que eu amava não passavam de seres desprezíveis. Apesar de tudo que via na internet, televisão e jornais, nunca pensei que sentiria a realidade do lado podre dos homens na pele.

Eu, que nunca me defini por uma religião, comecei a me questionar o motivo da minha existência. Me questionava qual era o sentido de nascer, viver uma vida de sofrimento e morrer. Sabia que esses pensamentos eram depressivos, então me apeguei a única pessoa que poderia me manter lúcida e que sempre me dedicaria amor.

Acabei batendo na porta de Naomi.

Ela abriu a porta com uma expressão de quem foi despertada de um sono profundo. E, só depois de me abraçar e me instalar, fez um chá e levou para o quarto onde eu estava em um colchonete no chão.

— Quer conversar? – se sentou no colchonete ignorando a cama.

— Não sei. Estou tão perdida que nem sei o que dizer.

Naomi sabia como agir comigo para me fazer falar. Segurei a sua mão fazendo as lembranças do dia em que nos conhecemos me fazer sorrir. Não foi nada dramático como uma salvando a outra ou algo assim. Apesar de às vezes sentirmos que nos salvávamos todos os dias. Quando nos conhecemos eu estava concentrada em um livro na biblioteca da escola quando, sei lá por qual motivo, olhei para a entrada e vi o que me parecia um personagem de anime escolar. Tudo em Naomi parecia combinar, dos óculos ao sapato preto exigido como parte do uniforme. Até hoje ela não me parece humana. Se eu fosse dizer que alguém era um anjo, seria ela.

Ela se sentou ao meu lado, naquele dia, segurando um livro grosso sobre mitologia grega. Fui eu quem puxei conversa e revelei o pensamento que tive ao vê-la. Ela achou engraçado e essa estranha interação foi a primeira de muitas. Passamos a dividir uma amizade inabalável.

Enquanto eu vagava nas lembranças, ela esperava eu me abrir.

— Decidi ficar alguns dias aqui. A vaga ainda está aberta? – foi a única coisa que consegui dizer.

— Ele tentou novamente? – ela não me deixaria escapar da conversa.

Acabei decidindo contar tudo de uma vez. Acabaria contando em algum momento mesmo.

— Tentou. Miranda não estava em casa e eu me distrai. Dessa vez perdi o controle completamente e parti para cima dele. Quis matá-lo.

— Você se machucou? – ela não me perguntou sobre o jeito que chamei a minha mãe. Desde o dia em que contei sobre o primeiro ataque que ela não confiava em nenhum dos dois. Eu devia tê-la escutado.

— Não. Aquele idiota se assustou com a violência. Esperava medo. O problema é que... é que...

— Diga, minha amiga. Não guarde para você.

— Você estava certa. Ela sabia. A mulher a quem chamei de mãe durante toda minha vida não se importa em ajudar o marido a violentar a pessoa a quem chama de filha – as lágrimas mal contidas deixavam minha voz embargada.

— Que miserável! – Naomi se levantou bruscamente sem saber o que fazer com a raiva que sentia.

— Eu ouvi tudo – lamentei.

Naomi começou a andar de um lado para o outro enquanto eu contava a conversa que ouvi.

Quando terminei, ela simplesmente se ajoelhou e me abraçou.

— Descanse. Não pense mais nisso. A única coisa que importa agora é a sua liberdade. Aqueles dois não podem fazer mais nada contra você – disse ao meu ouvido.

— Está bem, Anime! – usei o apelido que usava sempre que queria provocá-la.

A senti sorrir antes de se afastar.

— Vá dormir! E nunca mais me chame assim ou vou inventar um apelido bem horroroso para você.

Fomos dormir, cada uma com seus pensamentos mais íntimos.

O pacto de um ano

Eva

Acordei com Naomi me balançando.

— Bom dia! Que horas são? – perguntei sonolenta. Queria dormir um pouco mais.

— Feliz aniversário! – me puxou e me abraçou, antes de responder a pergunta. — Ainda estamos em tempo para chegar na hora na empresa. Comprei um bolo para o seu aniversário. Ia te entregar na Art's, mas acho que podemos comer no café da manhã.

— É uma ótima ideia. Obrigada!

— Levante e se apronte. Já sabe onde é o banheiro. Te espero na cozinha – saiu do quarto me deixando sozinha para eu terminar de despertar.

Depois de um banho revigorante, olhei pela porta e vi a minha amiga assobiando uma música de uma banda de rock enquanto lavava alguns copos e pratos.

— Eu vou aceitar a proposta de casamento do demônio Benjamin – resmunguei enquanto me aproximava e pegava uma xícara.

— Ficou louca durante a noite? – ela parecia me avaliar para saber se devia se preocupar ou levar na brincadeira. — Que história é essa de casamento?

Ri da sua expressão.

— Talvez seja uma loucura minha ou brincadeira dele. Mas se não for, vou aceitar.

— Pare de dizer as coisas pela metade e me explique.

Peguei o café e me sentei.

Só após me sentar foi que contei para ela sobre a proposta de casamento.

Inventei que era uma exigência da família dele e que só duraria um ano. Não podia contar que o homem era o melhor amigo de Lúcifer, pois aí sim seria considerada louca.

— Uau! Eu não esperava por isso. Você realmente pretende aceitar?

— Eu pensei em aceitar porque seria a desculpa perfeita para sair daquela casa sem causar danos, mas depois do que aconteceu não preciso mais de desculpas.

Naomi riu antes de dizer:

— Ainda assim pretende aceitar. Posso sentir a sua empolgação.

— Aff, você não devia saber me ler tão bem assim.

— Se realmente quer, aceita. O medo de experimentar nunca beneficiou ninguém.

Quis dizer a ela que era diferente quando envolvia anjos, mas simplesmente disse:

— Sinceramente não sei. Vou deixar o meu coração dizer quando ele cobrar uma resposta.

— Então deixa eu ser a primeira a te desejar parabéns. Sei muito bem que os seus circuitos queimam quando ele está por perto, logo vai dizer sim.

— Novamente digo que você não devia me ler tão bem assim.

Rimos e continuamos a conversar enquanto terminávamos de tomar café e nos arrumávamos para ir a empresa. Apesar das reclamações de Naomi, fiz um coque com meus cabelos e vesti um dos terninhos que costumava usar para trabalhar.

O caminho até a Art's foi bem mais rápido que de costume. O tempo realmente passa mais rápido quando estamos com quem gostamos.

Durante todo o expediente, Benjamin não saiu da sua sala. Já estava perdendo as esperanças de que ele fosse perguntar sobre o contrato, ao mesmo tempo, ficava pensando se eu devia perguntar.

"Ainda bem que não escuta os meus pensamentos, Senhor Demônio."

Estava dando vinte e quatro horas do momento em que fez a proposta e nada.

Naomi percebeu a minha inquietação e veio me sondar.

— Preocupada porque o chefe ainda não veio te pedir em casamento? – brincou.

— Shhiiiii! Não fale sobre isso aqui.

— Calma. Não tem ninguém por perto ou interessado em nossa conversa.

"Mas tem alguém que não precisa estar tão perto."

— Naomi, se falar sobre isso aqui vou ficar muito chateada.

Antes que Naomi respondesse, meu ramal tocou. Não precisei nem olhar o aparelho para saber que se tratava dele.

— Pois não, senhor Graham?

— Venha a minha sala – disse e desligou.

Nas suas poucas palavras, pude sentir todo o cinismo. Deu vontade de pedir demissão, sumir do país e ir trabalhar como doméstica ou babá em alguma cidadezinha bem longe de todos que acabavam com a minha paz.

— Viu o que você fez? – reclamei para Naomi enquanto seguia para a sala dele.

Ainda a ouvi questionar:

— O que?

Sem olhar para Naomi, segui, bati na porta de Benjamin e entrei.

— Em que posso ajudá-lo, senhor?

— Seu prazo acabou. Preciso que me dê uma resposta – foi direto ao assunto.

— É difícil dizer que aceito ser tentada por um demônio – não medi as palavras.

— Qual é a sua resposta? – ele insistiu, ignorando o meu comentário.

"Minha resposta é deixe de ser um imbecil."

— Aceito – respondi e lembrei das palavras de Naomi. Ela estava certa sobre a minha decisão, como sempre.

— Não me surpreende. Sente-se.

Tive vontade de voltar atrás ao ouvir o seu comentário. Ele pareceu sentir isso, pois riu e disse:

— Acostume-se. Esse é o temperamento do seu marido.

Me sentei e ele empurrou um papel na minha direção.

— Esse é o contrato de casamento. Leia e assine.

Sem nenhum comentário, li os papéis. Queria ter certeza de que não estava sendo enganada e vendendo a minha alma sem nenhum prazo em tentação.

Ao acabar de ler, assinei e empurrei de volta.

— Não fala nada sobre o que você pode e não pode fazer. Aqui só estipula o prazo do casamento e proíbe que eu me relacione com outro homem durante o período.

— É a única coisa que importa. O resto é entre nós.

Não sei o que me excitou mais, a voz ou a promessa em suas palavras.

— E agora? O que faço? – perguntei ignorando os pensamentos eróticos.

— Você vai continuar trabalhando aqui como sempre. Os outros funcionários não precisam saber do casamento ou do acordo. Com exceção da sua amiga, pois já vi que não consegue esconder nada dela.

Abri a boca para dizer algo, mas não consegui pensar em nada.

Ele continuou:

— Após o seu expediente, busque as suas coisas e vá para esse endereço – empurrou um pedaço de papel na minha direção. — Aproveite para se livrar do estuprador.

Me sentindo enjoada com tudo que estava acontecendo, quis sair correndo dali. Ainda não tinha me acostumado com a forma direta e sem filtro como ele falava.

— Já posso ir?

— Sim. Pode voltar ao trabalho. Em casa conversaremos mais sobre a situação e assinaremos os papeis do casamento. Esse foi só um contrato.

— Sim, senhor.

Meio zonza, sai da sala e fui para a minha mesa. Naomi não foi perguntar o que aconteceu. Ao ver o bilhete no post-it, colado ao computador, percebi que ela entendeu que eu não queria falar sobre o assunto Benjamin/casamento na empresa.

O bilhete dizia: "Quando chegar em casa quero detalhes."

Acabei rindo e voltei ao trabalho pelas poucas horas que faltavam antes do fim do expediente.

Enquanto trabalhava, ainda pensei sobre o fato de que eu não tinha mais necessidade de inventar um casamento, logo não precisava aceitar a proposta de Benjamin. O problema é que eu queria ser tentada por ele, queria que me notasse e que precisasse de mim. Se haveria sofrimento ou não, descobriria depois.

— Vamos?

Me assustei um pouco com a chegada de Naomi. Estava distraída pensando em como seria os próximos dias convivendo com Benjamin.

— Sim. Vamos! – respondi tentando parar de fantasiar.

Quando estávamos no ponto de ônibus, ela questionou:

— Já podemos falar sobre aquele assunto? Estou enlouquecendo de curiosidade.

— Ele me disse para pegar as minhas coisas e ir para um endereço. Deve ser da casa dele.

— Não estou gostando. E se ele for algum tipo de psicopata?

— Calma. Ele não seria burro de se prejudicar por causa de uma funcionária. Se quisesse fazer algo ilegal teria escolhido alguém com a qual não tivesse ligações.

O ônibus chegou e entramos, mas Naomi não deixou a preocupação no ponto.

— Quer mesmo fazer isso? Se estiver fazendo porque saiu da casa dos seus pais pode ficar comigo.

— Eles não são meus pais – doía ouvir as palavras pais, quando se referiam as pessoas que me pareciam mais demoníacas que Benjamin.

Naomi me abraçou antes de dizer:

— Desculpa, mas a oferta continua de pé.

— Obrigada, amiga, porém vou aceitar a proposta dele. Pense bem; é um gato cheio da grana. Quero mais é aproveitar cada segundo desse ano de contrato.

— Esse contrato inclui sexo? – perguntou com um brilho no olhar.

— Só se eu quiser – aproveitei a deixa para levar o rumo do assunto para algo mais animador.

— Ai, que sortuda! Vendo por esse ângulo, estou com inveja – me abraçando, comentou. — Não quero parecer malvada, mas sou bem mais bonita que você. Ele devia ter me escolhido.

Rimos juntas. Apesar de Naomi ser tão cheia de curvas quanto as mocinhas dos animes mais sensuais, não me intimidava com a sua beleza. Sempre acreditei que todos tinham a sua forma de ser belos. Inclusive eu. Com meus rebeldes cachos e minha pele cor de chocolate.

Na casa do anjo

Depois de ser liberada a entrada, o táxi me deixou em frente a imponente mansão. Confesso que esperava algo mais sombrio, não a quantidade de vidro que deixava à mostra grande parte da decoração.

Paguei ao motorista pela corrida e ele levou a minha mala até a porta. Agradeci e o observei partir levando o dinheiro que doeu pagar. Preferia andar de ônibus, mesmo tendo um bom emprego. Achava táxi um luxo desnecessário.

Enquanto pensava em formas de descobrir linhas de ônibus que passavam ali para trabalhar, Benjamin abriu a porta.

— Entre e traga a sua mala – ordenou. Segurava um copo com uma bebida verde.

Entrei e parei perto de um imenso sofá. Meus olhos vagaram pelo ambiente analisando cada detalhe.

Era como se estivesse em um evento onde exibiam decorações que eu nunca poderia ter.

— Amanhã, antes do horário de trabalho, as pessoas necessárias para formalizar o nosso casamento estarão aqui. Suponho que entenda que não tenha festa.

Suas palavras me tiraram a sensação boa que o local proporcionou.

— Não é algo que eu queira comemorar – sinceramente não queria ser grossa ou cínica, mas ele despertava isso em mim. Isso e desejo. — Onde vou ficar? – tentei amenizar o comentário anterior.

— No nosso quarto.

O olhei com todo espanto que suas palavras causaram.

— Tenho que tentá-la de todas as maneiras, esqueceu? – ele parecia sentir prazer em me deixar desconfortável.

Me peguei imaginando-o andando pela casa com seu corpo de homem perfeito; talvez até nu. Minha imaginação foi tão longe que precisei balançar a cabeça para espantar as imagens.

Meus movimentos o fizeram rir e comentar:

— Acredito que não esqueceu. O quarto fica no fim do corredor, subindo as escadas. Suba, tome um banho, guarde as suas roupas nos espaços do closet, e faça o que mais quiser fazer. Essa agora é a sua casa e assim será até o fim do prazo ou até que caia em tentação.

Com a sensação de que o desafio era maior do que imaginei, subi as escadas levando a minha mala.

Depois de um banho, vesti um pijama rosa de calça e blusa de mangas longas e desci. Benjamin estava sentado lendo um livro de capa escura. Ele me olhou e sorriu:

— Pensa que vai ficar segura só porque está com uma roupa de adolescente nerd virgem? – perguntou voltando a olhar o livro.

Ignorei seu comentário e questionei:

— Posso usar a cozinha?

— E tudo que estiver nela. Terá criados a sua disposição a partir de amanhã.

Fui para a cozinha sem olhar para trás. Ficava imaginando se ficaríamos nesse jogo de cheio tensão. Não acreditava que ele fosse usar sexo como moeda de troca para a minha alma. Mesmo que eu o desejasse loucamente, não havia possibilidade de tal troca.

Apesar dos meus pensamentos confusos, não pude deixar de admirar a cozinha. Tão imponente quanto todos os cômodos da casa. Havia uma pia metálica ligada a armários e a um fogão gigante, uma mesa que parecia um balcão e alguns bancos altos. Tudo na cozinha era uma mistura de branco, metálico e negro.

Um pouco intimidada, fiz uma macarronada com brócolis.

Enquanto me sentava em um dos bancos para saciar a minha fome, me fiz uma pergunta idiota, mas muito pertinente.

— Será que ele come como um humano?

Não consegui começar a comer. A preocupação de que Benjamin pudesse estar com fome me fez ir até ele antes de começar.

Ele estava na mesma posição.

Fiquei um pouco apreensiva de como oferecer a macarronada a ele. Era um pensamento absurdo, mas não pude evitar.

— O que foi? Precisa de ajuda para ligar o fogão? – questionou, novamente sem me olhar.

— Você quer macarronada? – perguntei de uma vez.

Ele sorriu e deixou o livro sobre a mesa antes de me olhar.

— Adoraria provar algo preparado pela minha esposa.

"Ainda não assinei os papeis do casamento."

— Vamos comer – ignorei meu pensamento rebelde.

Comemos em um silêncio constrangedor. Pelo menos era constrangedor para mim. Era difícil ter sequer uma ideia dos pensamentos de Benjamin.

Ele terminou de comer e levou o prato até a pia, quando voltou começou a massagear os meus ombros.

— Pagamento pelo jantar – justificou.

— Não precisa – me afastei antes que seu toque me fizesse gemer.

Ele segurou o meu braço e puxou a presilha que mantinha o meu cabelo preso em um rabo de cavalo. Tentei segurar meus cabelos, que caiam sobre os meus ombros, mas ele segurou o meu outro braço. Tentar me afastar fazia meus cabelos bagunçarem mais, então, simplesmente parei e esperei que me soltasse.

— Nunca mais prenda o seu cabelo – ordenou.

— Isso não estava como exigência do contrato – rebati.

— Nem precisa. Só saiba que vou soltá-lo desse jeito toda vez que o ver preso, independentemente de onde esteja.

— Mesmo no trabalho? – tentei desafiá-lo.

— Experimente aparecer na empresa com o cabelo preso e vai descobrir.

— Por que isso?

— Desejei por muito tempo saber como ficavam e agora que vi acho que fiquei viciado.

"Ele pensava em mim? Pensava em meu cabelo?"

Novamente pensamentos impróprios me confundiram.

— Não vou tentar entender – ignorei as reações que tal declaração provocaram em meu corpo. — Pode me soltar? Vou fazer o que quer.

— Vai mesmo fazer o que quero?

— Ai, meu Deus! – resmunguei sem saber o que responder.

Assim que terminei de falar, ele me soltou.

Sua atitude me incomodou bastante.

— Vou ter que evitar me referir a Deus quando estiver com você? – ao ver o desafio em seu olhar, perdi o controle. — Vai ser difícil de controlar porque quando estou com medo chamo por ele, quando não sei o que dizer digo o nome dele e quando me perco em prazer costumo dizer "Oh, meu Deus".

Eu quis dizer *oh, meu Deus* quando terminei de falar aquele monte de besteira. Tive vergonha até de sair correndo. Quis ficar parada, sem sequer respirar, até sumir.

Ele começou a rir. Só depois de rir muito foi que falou:

— O tão adorado livro, que vocês seguem, diz para não usar o nome Dele em vão.

Eu já estava envergonhada. Mas ele ainda quis completar o meu embaraço.

— Sobre a sua última declaração, devo dizer que não gosto de spoiler – comentou com uma piscadela.

Foi a gota d'água. Eu entendi o que ele quis dizer e me vi correndo, feito uma adolescente assustada, em direção ao quarto. Não assustada com a promessa em suas palavras, assustada com a intensidade com a qual desejava que acontecesse mesmo.

Escovei os dentes e, com o coração aos saltos, me deitei na cama e me cobri.

Foi em vão tentar dormir rapidamente.

Benjamin apareceu poucos minutos depois. Para meu deleite e desespero, começou a se despir e não parou enquanto não se livrou da última peça.

— Espero que não se importe. Não consigo dormir com o tecido das roupas grudando em minha pele – ele se deitou e se cobriu.

Diante da possibilidade de um contato do meu corpo excitado com sua pele nua, me vi empurrando o lençol para me descobrir.

O clima estava quente, então, não me faria falta. Só tinha me coberto para evitar um contato.

Benjamin não falou nada. Parecia nem notar que estava dormindo com uma estranha em sua cama. Simplesmente fechou os olhos e não mais os abriu. Pelo menos, não enquanto estive acordada pensando em como cheguei até a cama dele.

Acordei no dia seguinte com uma disposição até estranha. Tinha dormido melhor que em todas as minhas noites anteriores.

Benjamin não estava ao meu lado. Me levantei e segui para o banheiro. Antes de entrar, bati na porta para ter certeza de que ele não estava lá dentro.

Quando sai, já vestida para trabalhar, ele estava no quarto vestindo aqueles ternos sem gravata que o deixava ainda mais sexy.

— Estamos te esperando para assinar os papéis.

— Estou descendo – notei que ele reparou em meu cabelo solto, mas não disse nada. Tinha quase certeza de que, se não os deixasse soltos, ele faria uma cena na empresa só para provar do que era capaz. No fim, eu é que ficaria com vergonha dos meus colegas.

Quando desci, vi que havia várias pessoas estranhas na sala me esperando. Rapidamente soube que eram do cartório. Um juiz e duas testemunhas.

Assinamos os papeis sem muito alarde e eles se foram.

Assim que saíram, fui para a cozinha tomar o meu café da manhã.

— Bom dia! – cumprimentei a mulher que colocava alguns recipientes na mesa.

— Bom dia! – ela respondeu com um sorriso sincero. — Sou Nina, uma das empregadas. A senhora deve ser a esposa do senhor Graham.

Apesar de ser uma afirmação, respondi:

— Sim. Pode me chamar de Eva.

— É um prazer tê-la conosco, senhora Eva. É a primeira mulher que vemos nessa casa.

Achei estranho que Benjamin não levasse ninguém ali quando era tão conquistador. Era bem provável que mandasse as mulheres embora logo após gozar.

Como se um botão tivesse sido acionado, a mulher começou a falar sobre tudo que podia; a casa, o patrão, a vida dela e dos outros empregados. Soube naquele momento que nada ficaria em segredo se dependesse dela. Era uma tagarela.

Quando me despedi, para ir trabalhar, fiquei imaginando se sobrou algum assunto para os próximos dias.

Ao chegar na sala vi, através do vidro da parede, Benjamin saindo em direção ao carro estacionado na porta.

Pelo pouco que o conhecia sabia que ele saiu antes para me testar. Para me fazer pedir carona ou algo assim. Com certeza, devia estar curioso para saber a minha reação nessa situação.

"Não vou te dar esse gostinho."

Coloquei meu sapato na bolsa, escondi o celular no bolso interno do casaco e calcei um tênis.

— Pronto! Vamos conhecer os arredores e encontrar um transporte público. Aquele idiota devia ter lembrado que sou pobre. Não me abalo em precisar andar.

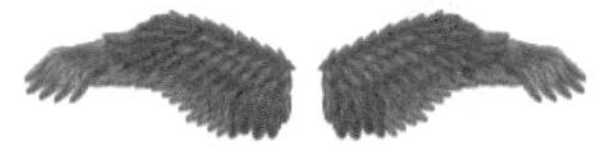

Foram exatos dez minutos só para chegar ao portão de entrada da propriedade, depois foram mais trinta minutos até encontrar um ponto de ônibus. O lugar só tinha propriedades de milionários. Certamente o ponto de ônibus era para os trabalhadores daquelas casas. Ainda que tenha andado tanto, gostei do trajeto. A maioria das casas não tinham muros e seus jardins pareciam pinturas.

Ao chegar no ponto de ônibus, cumprimentei uma mulher que estava sentada.

— Bom dia! – pude perceber pelo uniforme que era babá em uma daquelas casas.

— Bom dia! Está indo ou voltando? – ela perguntou demonstrando em seu rosto que realmente estava curiosa.

— Tentando ir ao centro. Na rua Lírios, mais especificamente. Sabe me dizer se tem algum ônibus que passa aqui e vai até lá?

— Sortuda! O ponto final daquele que está chegando é nessa rua.

Sorri e agradeci.

Sentindo que faltava alguma coisa, perguntei:

— Você está esperando outro?

— Estou esperando o meu namorado me buscar – respondeu com um largo sorriso.

— Entendi. Obrigada novamente!

Como o ônibus parou naquele exato momento, sorri novamente para ela, entrei e passei meu cartão de transporte.

Assim que me sentei em um dos poucos bancos vazios, anotei a linha do ônibus no bloco de notas do celular.

"Um problema a menos."

Enquanto seguia olhando as paisagens, pensava em como seria a minha vida nos próximos doze meses. Por causa do meu horário de saída na Art's, teria que andar um pouco depois que escurecesse. Não era nada que nunca tivesse feito, mas devia me preparar para não chamar a atenção de pessoas mal-intencionadas.

Quando comecei a reconhecer as ruas do centro, troquei o tênis pelo sapato.

Naomi já estava olhando para todos os lados quando cheguei na empresa.

Ao me ver, veio correndo.

— Basta virar patroa que já quer chegar atrasada – brincou.

— Estou avisando que não te conto mais nada se continuar falando sobre isso aqui – falei sem deixar espaço para ela achar que era uma promessa vaga. Se nossos colegas descobrissem, minha vida seria motivo de fofoca.

— Tá bom! Aproveita que o chefe ainda não chegou e se senta em seu lugar, como se estivesse trabalhando há muito tempo.

— Nada disso! Quero desabafar com a minha amiga. Se ele quiser me demitir por causa de um atraso e um cafezinho, procuro outro emprego.

Naomi disfarçou a risada. E eu coloquei a bolsa sobre a minha mesa e a puxei para as escadas que levava a sala de descanso. Sentia que se não conversasse sobre os últimos acontecimentos iria morrer de ansiedade.

— Tem certeza de que ele não está? – precisava confirmar que Benjamin não escutaria a nossa conversa.

— Sim. Deixou um recado com a secretária orientando a remarcar uma reunião que teria essa manhã. Parece que só chegará depois do almoço.

— Que bom! Assim posso falar sem medo.

— Me conta. Como foi a primeira noite com o seu marido?

— Pior do que imaginei. Comecei a pensar se é tão importante assim ter uma alma.

— Não entendi. Se continuar falando coisas sem sentido vou ter que te levar a um psiquiatra.

— É só forma de dizer – tentei contornar o desabafo. — É que ele me tenta como um demônio.

— Esperava o que morando sob o mesmo teto que aquele deus grego? – assim que terminou a frase ela completou. — Aliás, demônio grego.

Acabei rindo.

— Ele devia ter escolhido você.

— Meu sonho! Agora vamos parar de enrolar e me conta tudo.

Foi o que fiz. Contei para ela cada detalhe. Inclusive como me senti ao acordar na cama dele.

Me fazia bem ter Naomi para conversar. Poderia enlouquecer se ela não fosse o meu porto seguro.

— Minha nossa! Você está muito apaixonada! – comentou após o meu relato.

— Não é para tanto. Você mesma disse que queria estar no meu lugar, então também está apaixonada – rebati seu comentário, enquanto sentia o medo de que ela estivesse certa me envolver por completo.

— Meu espelho está na bolsa. Quando voltarmos, te mostro a imagem de uma mulher apaixonada – brincou.

— Está bem! Pense o que quiser, mas agora vamos voltar antes que a próxima coisa que eu assine seja a demissão.

Voltamos rapidamente para os nossos lugares. Benjamin não voltou do seu compromisso, como havia informado.

Um vizinho e um carro

Eva

Ao final do expediente, me despedi de Naomi e fui para o meu novo ponto de ônibus. A viagem pareceu mais rápida. Desci no mesmo ponto onde encontrei a mulher de manhã. Andava com o coração quase saindo pela garganta de medo.

O lugar ficava assustador a noite.

Tirei o spray de pimenta da bolsa e o apertei com força nas mãos.

Alguns trechos da rua tinham pouca iluminação deixando o cenário lindo, mas muito parecido com algumas cenas de filmes de terror.

Já estava pensando em como seriam minhas noites, já que precisava fazer o trajeto todos os dias.

De repente uma luz me fez olhar para trás e vi um carro se aproximar e, ao chegar ao meu lado, seguir devagar.

Quando o carro passou sob a luz de um dos postes, pude ver que o motorista era quase tão lindo quanto Benjamin. Tinha cabelos encaracolados e escuros, usava roupas esportivas e parecia não ter um pingo de gordura no corpo. Talvez sua aparência fosse mais imaginada que real, pois o vi por poucos instantes sob a luz. Não quis ficar encarando. Já era uma situação estranha.

Mantendo o meu olhar sempre em frente, permaneci caminhando e apertando o spray de pimenta. Já não sentia mais tanto medo, porém não iria arriscar.

De repente, me vi encarando o homem no carro com um olhar de pura desconfiança.

Ele decidiu falar.

— Não vou oferecer carona porque seria uma atitude suspeita, mas não posso deixar que siga sozinha por essa rua deserta, então, vou dirigindo até achar que está segura, ok?

Suas palavras me surpreenderam, mas não parei de caminhar. Somente agradeci. Sua voz macia passava uma sensação de paz indescritível.

Ao perceber que eu não sairia correndo, ele se apresentou:

— Me chamo Serafim. Moro na última casa da rua.

Era quase estranho que todo o meu medo sumisse com o aparecimento dele. Percebi que estava mais curiosa sobre a sua atitude do que com medo da situação.

Me ouvi respondendo:

— Me chamo Eva. Estou passando um tempo em uma casa logo a frente.

— Seremos vizinhos. Então, terei chance de dizer que o seu cabelo é lindo quando o cenário for menos assustador.

Acabei rindo. Me perguntei se aquele rapaz lindo era gay. Um pensamento preconceituoso só porque ele reparou no meu cabelo. Também me lembrei que ele estava solto por exigência de Benjamin, meu estranho e provisório marido.

De qualquer forma, preconceito ou não, imaginá-lo como gay fez com que me sentisse mais segura.

— Tem quase mais trinta minutos de caminhada. Seria mais prático se me oferecesse carona – me rendi a vontade de uma viagem menos cansativa.

Ele parou e desceu do carro.

O olhei assustada, mas ele simplesmente abriu a porta e disse:

— Entre senhorita, Eva – como se só lembrasse de algo naquele momento, se corrigiu. — Nem sei se é senhora ou senhorita.

— Também estou na dúvida. Pode me chamar apenas de Eva.

— Mistérios – brincou, sorrindo ao entrar no lado do motorista.

Rapidamente ele chegou ao portão da casa de Benjamin, depois que falei qual era o número da casa.

Ele desceu para abrir a porta para mim.

— Quer que eu entre com você? Esse lugar parece mais assustador que a rua.

— Já fez demais. Muito obrigada!

— As ordens. Quando quiser bater um papo não deixe de aparecer. Moro apenas com a minha irmã. E ela certamente vai amar saber que nossa vizinha não é tão esnobe como os outros.

— Pode deixar que apareço. Vai ser ótimo ter amigos por aqui.

— Esse é o meu cartão. Tem o meu celular e número da nossa casa. Esperaremos a sua ligação.

O agradeci novamente e nos despedimos.

Fiz o caminho do portão até a casa ouvindo música no meu celular. Música para mim era como remédio aplicado na veia. Minhas energias eram repostas completamente. Cheguei a cantar alguns trechos, esquecida de que Benjamin me ouviria se estivesse em casa.

Quando cheguei na frente da casa, o vi. Benjamin estava com um copo na mão, parado diante da parede de vidro. Seu olhar permanecia intenso e cínico, porém dessa vez parecia sombrio.

Tirei o fone, que coloquei ao passar pelo portão, e respirei fundo antes de entrar na casa.

— Boa noite! – não tinha ideia de como começar uma conversa com ele.

— Você dirige? – perguntou ignorando o meu cumprimento.

— Tenho carteira, mas não veículo.

— Venha comigo – sem esperar uma confirmação, ele seguiu para os fundos da casa.

Decidi segui-lo sem questionar.

Acabamos em um lance de escadas e pensei estar entrando em uma concessionária quando vi o lugar subterrâneo.

— Escolha um para dirigir enquanto estiver aqui. Não reclame e se alguém perguntar diga que está usando o carro para um amigo que está fora da cidade ou invente qualquer desculpa. Não quero que ande de ônibus ou de carona com estranhos.

Admirada, mal ouvia suas palavras. Sempre gostei de carros e sonhava em um dia comprar um daqueles raros, vendidos para poucas pessoas no mundo.

"Se era para sonhar, não precisava economizar."

Naquele lugar tinha exatos vinte carros. Eu contei.

Era um daqueles momentos em que eu não queria dizer não. Conforto e praticidade não me desagradavam.

Queria escolher o mais simples para evitar perguntas, o problema é que quando cheguei no último tive dificuldades em me afastar. Tratava-se de um Porche Cayman azul.

Acho que ele percebeu o meu interesse, pois comentou:

— Combina com você. As chaves estão na ignição.

— Só estava admirando. Você tem um carro mais simples? Acho que nem sei dirigir algum desses.

— Você aprende. Me leva para dar uma volta mais tarde para treinar.

— Não vou trocar a minha alma por um carro – gracejei.

— Não esperava que trocasse.

A resposta dele foi tão fria que me vi esfregando os braços.

— Vou usar esse. Posso ir? Gostaria de um banho e de descanso.

— Pode ir.

"Pode ir. Como se eu fosse uma de suas empregadas aqui também."

Depois do banho, desci e a empregada, que conheci mais cedo, serviu o jantar e desapareceu me deixando a sós com o meu *marido*.

— Quando precisar de algo pode procurar alguém aqui na cozinha ou ligar no celular que os empregados usam exclusivamente para o trabalho.

— Certo – só consegui pensar que se eu tivesse um celular só para atender o patrão, certamente me atreveria a usar para outras coisas.

Benjamin não disse mais nada até a hora da sobremesa, quando comentou:

— Assim que terminar vamos dar uma volta no carro, se não tiver planos.

— Não tenho. Já terminei. Se quiser, já podemos ir – enfiei os dois últimos pedaços da torta na boca.

— Vamos!

Com suas orientações, tirei o carro da garagem e sai para a rua. A noite estava estrelada e fresca. Ótima para um passeio.

O silêncio incomodava um pouco, então agradeci quando ele perguntou:

— Sabe onde eu estava quando chegou na empresa?

— Não – meu agradecimento por conversamos não durou uma fala, pois já temia suas próximas palavras.

— Na sala de reuniões do terceiro andar, recebendo Lúcifer, Miguel e Rafael. Ouvimos uma conversa interessante. Até deixou Rafael um pouco desanimado por ser o responsável em te impedir de vender a alma.

— Que droga! – não sabia se sentia raiva ou vergonha por ter a minha intimidade vasculhada por seres como eles.

Acabei fazendo a bobagem de tentar fazer ciúmes nele. Comentei:

— Conheci o vizinho do final da rua. Ele foi muito simpático em me dar uma carona do ponto de ônibus até a sua casa.

Como resposta ao meu comentário, ele arqueou uma sobrancelha. Devia ter notado minha ridícula tentativa de parecer interessante aos olhos de outros homens.

Sua atitude me irritou, então continuei no assunto:

— Você o conhece?

— Claro. O nome dele nesse momento é Serafim. Mudou-se recentemente para fazer um trabalho. É meu rival em alguns negócios.

Ignorei que ele queria deixar um certo duplo sentido explicito em suas palavras.

— Achei que pessoas como ele só pudessem ser vistas em revistas ou na TV. É tão lindo. Parece um anjo.

— Interessante colocação. Anjos não tem a aparência que os humanos imaginam. Olha para mim. Acha que essa é minha forma verdadeira? Estou vestindo um pobre coitado que estava quase morto em Las Vegas. Posso dizer que a nossa forma verdadeira é humana, mas feita de luz. Tanta luz que ofusca e é mortal aos humanos.

Cometi o erro de realmente olhar e antes que pudesse controlar minha língua, disse:

— Você parece um anjo. Como aqueles de filmes de guerra em o céu e o inferno.

Ele sorriu, me fazendo quase perder o controle do carro.

— Somos tão belos que os corpos que possuímos também se tornam irresistíveis aos olhos humanos.

"São belos e nada modestos."

— A pessoa que você está possuindo um dia vai acordar? Ele sabe o que está acontecendo?

— Ele pode acordar se eu quiser, porém não vejo necessidade de dividir o controle desse corpo. Quando o encontrei, ele estava prestes a dar um fim a própria vida.

— Ele não parece alguém assim.

— Claro que não! Simplesmente porque não é mais ele. Sou eu.

Por que ele tinha que ter essa voz tão sedutora? Estávamos falando de um assunto sério e eu só conseguia pensar em como seria ser amada por ele naquele carro.

Me calei e ele também se manteve em silêncio.

Demos uma volta rápida e voltamos. Não falamos mais sobre o vizinho, sobre corpos usados pelos anjos ou sobre a minha conversa com Naomi.

Quando voltamos, fui direto para o quarto onde peguei um livro e coloquei uma playlist de música clássica no celular, para ouvir enquanto lia.

Por um longo tempo, esqueci de onde estava. Mergulhei na história do livro.

Até que uma mão tocou o meu ombro.

Assustada, tirei os fones:

— O que foi?

— Não sou muito fã de dormir com a luz acessa.

— Que horas são? – questionei enquanto olhava no celular e via que passava de meia noite. — Vou só escovar os dentes e já apago a luz.

Sem esperar resposta, corri para o banheiro.

Quando voltei, ele não estava na cama. Estava sentado em uma poltrona preta que ficava perto da imensa janela de vidro.

Me sentei na cama e peguei o livro e o celular que deixei ao correr.

Tentei não olhar para ele, mas senti que vinha em minha direção.

Podia imaginar um sorriso cínico desenhado em seu rosto.

Não deu para manter a indiferença por muito tempo. Ele se sentou ao meu lado e veio para cima de mim beijando meu ombro, meu pescoço... e me fez deitar se posicionando sobre o meu corpo.

Seu toque era tão delicioso que quase me deixei levar.

Ainda estava com os olhos fechados e minha voz falhava quando falei:

— Não pode fazer isso. Disse que não faria.

— Pelo contrário. Eu disse que tentaria você de todas as formas – enquanto falava, ele acariciava os meus lábios com a ponta de um dedo, de uma forma invasiva e sensual.

Segurei sua mão afastando-a da minha boca. E senti falta do toque.

— O que esperava? Como queria que eu a tentasse? – beijou o meu pescoço usando a língua para deixar o beijo erótico.

Eu ainda segurava a sua mão.

— Não sei – eu realmente não sabia de nada naquele momento. Tudo que minha mente e meu corpo exigiam era mais do seu toque. Tanto que soltei sua mão e enfiei os meus dedos em seus cabelos com medo de que se afastasse.

Ele desabotoou os primeiros botões do meu pijama de garota virgem e começou a beijar a pele exposta. Quando seus lábios estavam próximos de atingir os bicos intumescidos dos meus seios, deixei escapar um gemido de antecipação. E aconteceu; ele simplesmente se afastou. Saiu de cima de mim, tirou a roupa e se deitou no seu lugar para dormir, como se nada tivesse acontecido.

Para piorar, disse:

— Boa noite! Apague a luz quando terminar.

Aturdida, coloquei minhas coisas sobre a cômoda e me deitei evitando o contato, como na noite anterior. Meu corpo todo ainda pulsava e exigia uma consumação. Eu podia sentir o quanto estava molhada. E chegava a imaginar como seria ter ele se movimentando dentro de mim.

Apesar de tudo que sentia, apaguei a luz e disse:

— Boa noite!

Logo estava dormindo e não tive sequer sonhos para me atormentar, mas na manhã seguinte meu corpo ainda o desejava com loucura, então acabei me masturbando enquanto tomava banho. As lembranças da sensação de ter as mãos e os lábios de Benjamin em minha pele trouxeram um delicioso orgasmo.

Fui trabalhar, de certa forma, satisfeita, ouvindo música no carro emprestado.

Coisas de marido

Benjamin

A tela do meu notebook continuava na mesma fotografia do museu onde faríamos uma exposição. Não conseguia me concentrar no trabalho. Tudo em mim só queria saber de Eva. Meu corpo, minha mente; tudo.

Acabei desistindo e foquei em ouvir e ver o que ela fazia. Me sentei voltado para o vidro da parede e fiquei olhando o movimento dos funcionários sem disfarçar.

Ri um pouco quando a amiga dela me viu e tentou correr para avisá-la que estavam sendo observados. Ela não chegou longe, foi pega por sua superiora que pediu para fazer algo urgente.

Eva continuava concentrada em sua tela de computador, até que levantou e foi até a impressora. Enquanto ela estava lá, um funcionário se aproximou atrapalhando a minha visão.

A voz baixa e irritada de Eva fez o meu sangue ferver. A ouvi dizendo:

"A sua mão está me tocando, pode se afastar enquanto espera?"

A resposta do cara cavou o seu túmulo.

"Faz tempo que notei o quanto você está gostosa. Sei que não tem ninguém. Podíamos sair qualquer dia desses."

"Seria um prazer. Vou avisar a sua esposa assim que terminar as impressões." – tentou intimidá-lo.

"Só nós dois é mais divertido." – insistiu.

"Se você não se afastar agora e me deixar em paz, vou gritar e te acusar de assédio."

"Até parece que é a mais gostosa das mulheres. Se enxerga! Deve dar o cu todo dia para dirigir aquele carro." – falou e se afastou rindo, como se ela que estivesse perdendo ao não aceitar a sua investida.

"Porco!" – ela continuou o seu trabalho, tentando fingir que nada aconteceu.

Percebi que durante a desagradável conversa, fiquei tão nervoso que meus punhos ficaram brancos com a força com a qual os apertei.

Não perdi tempo. Fechei as persianas e chamei o maldito na minha sala.

Me controlei para não o degolar e simplesmente perguntei:

— Tem quanto tempo que trabalha comigo?

— Dois anos, senhor.

— E a sua esposa?

— Ela entrou primeiro. Vai fazer três anos.

— E quantas funcionárias você assediou durante o tempo em que trabalha aqui? – não houve alteração em meu tom de voz, o que fez com que ele demorasse para entender as minhas palavras.

— Nunca fiz na-nada que pudesse se-ser considerado assédio – gaguejou mais que tudo.

— Então não estava agora mesmo passando a mão em uma funcionária e a tratando como objeto?

— A Eva veio fazer fofoca?! Eu não fiz nada, ela que fica me assediando mesmo sabendo que tenho esposa.

— Pois vou te contar um segredinho: a Eva é minha esposa.

Vi satisfeito que ele deu um passo para trás como se fosse atingido por um soco.

— Além disso, sou ciumento e violento. E não preciso que confesse para que eu suma com o seu corpo sem deixar suspeitas.

— Senhor, eu ...

Estava satisfeito com o medo no olhar dele, mas ainda não era o bastante.

— Com qual mão você a tocou?

— Senhor, eu juro que não...

— Tem certeza de que quer seguir por esse caminho? – o interrompi. — Só me mostre a mão ou saia dessa sala e vá ver a sua mulher pela última vez.

Ele mostrou uma das mãos.

"Covarde asqueroso!"

Alguém com dignidade e coragem teria se negado a tal papel diante das ameaças do seu empregador.

Me aproximei, segurei sua mão, sentindo nojo, e a dobrei para trás até ouvir o barulho dos ossos se separando.

O grito dele me fez sentir muito bem. Quis que ele gritasse para que Eva pudesse ouvir.

Com ele gemendo de dor, ordenei:

— Se disser qualquer coisa sobre o que falamos aqui, o desemprego vai ser o menor dos seus problemas. Estamos entendidos?

— Sim, senhor.

— Volte após se sentir melhor e se demita. Não quero te ver. Muito menos quero que a minha esposa te veja.

Ele me olhou pronto para questionar, mas mudou de ideia e se manteve calado.

Tranquilamente fui até a porta e pedi a minha secretária, que estava doida para saber o que aconteceu:

— Leve o senhor Kennedy e a sua esposa até o hospital. Ele tropeçou e caiu sobre uma das mãos. Parece que quebrou – disse sem conseguir mudar a expressão de satisfação em meu rosto.

— Sim, senhor. Vamos, Kennedy!

O funcionário saiu sem me olhar nos olhos. Ainda pude ouvir quando foi questionado como aconteceu a queda e ele respondeu: Estava com pressa para voltar a minha mesa e tropecei em meus pés.

Me fechei na sala e ri da resposta dele, mas ri mais ainda do comentário de Eva.

Ela apenas disse baixinho:

"Bem feito."

Os dias passavam rápidos e cheios de contradições. Todas as noites, depois do jantar e de manhã, antes do café, Eva se sentava na sala do piano e ligava o Gramophone ouvindo melodias instrumentais.

Eu tentei evitar, mas acabei cedendo a tentação e a observava escondido nesses momentos.

Ela fechava os olhos e parecia se transportar para um mundo dentro da música. Sua imagem era uma visão que fazia meu corpo desejar levitar.

Sem perceber, me envolvia cada dia mais deixando a aposta, e Lúcifer, de lado.

Extrema tentação

Eva

As palavras de Naomi não saiam da minha cabeça. Ela estava certa; eu estava apaixonada, desejava muito o meu marido. Um casamento de aparências não era o que eu achei que seria.

Novamente Benjamin saiu e me deixou sozinha em casa. Ele passou a fazer isso com frequência, depois de poucos dias morando juntos.

Disposta a dormir sem jantar, subi para o quarto e fui tomar banho. E aconteceu novamente. Enquanto me esfregava com uma esponja vegetal, meu corpo ficou sensível ao toque e minha mente começou a criar cenários onde Benjamin e eu nos entregávamos a paixão. Isso vinha acontecendo com frequência.

Quando dei por mim já estava me tocando e gemendo o nome dele. A água quente me deixava excitada enquanto me imaginava com o corpo pressionado contra a parede enquanto era penetrada por Benjamin.

— Ben! – gemi um pouco alto quando estava quase chegando ao orgasmo.

O problema é que o tempo todo mantive os olhos fechados para não ver que estava sozinha. Mas por algum impulso, que não sei explicar, abri os olhos. Foi quando o vi.

A porta do banheiro estava escancarada e Benjamin estava apoiado perto do espelho, olhando fixamente na direção do chuveiro, onde eu estava.

— Você me deseja tanto assim? – perguntou sorrindo.

Meu Deus! Por que não tranquei a porta?

A resposta era óbvia: nunca esperei que ele voltasse, muito menos que entrasse sem bater.

A vergonha era tamanha que eu não conseguia raciocinar. Não conseguia decidir se era preferível correr nua ou me encolher e chorar em um canto.

— Responda! – ele exigiu se aproximando.

Sem coragem de olhar para ele, desliguei o chuveiro e me encolhi em um canto.

— Saia, por favor! – pedi.

— Talvez depois de me responder. Me deseja tanto a ponto de fantasiar enquanto se masturba?

A forma como ele falou me deixou ainda mais sem jeito.

— Não desejo você. O que desejo mesmo é tomar o meu banho sem ser espionada – tentei ser grossa, mas minhas mãos trêmulas e minha voz vacilante denunciavam a minha vergonha.

— Fale isso olhando em meus olhos – ele me virou completamente, me obrigando a encará-lo. — Fale que imaginei coisas enquanto estava ali parado, olhando você se tocar e chamar por mim.

— Por favor! Eu estou envergonhada por ser pega nessa situação. Pode ter um pouco de empatia e fingir que não aconteceu?

— Eu posso fazer isso por você. Posso tocá-la, posso penetrá-la, posso te fazer gozar gritando o meu nome em desespero.

— Não me deixe pior do que estou, Benjamin. Eu te imploro.

— Implora o que? – falou ao meu ouvindo enquanto pressionava o meu corpo na parede. Era quase como imaginei instantes antes.

— Me deixe ir.

Ele riu alto.

— Anjinho, não estou te segurando. Olha minhas mãos – sacudiu as mãos mostrando que só o seu corpo me pressionava.

Tentei passar por ele, mas ele segurou o meu braço e puxou de forma que bati meu rosto em seu peito.

— Agora estou te segurando. E vou te dar uma amostra de como seria ser possuída por um anjo.

Antes que eu pudesse dizer algo, ele me envolveu pelo pescoço trazendo meus lábios em direção aos seus. Logo suas asas me envolviam transformando seus braços em uma deliciosa e macia prisão. O corpo dele se esfregava ao meu deixando claro sua ereção.

Me deixei levar pelos sentimentos que seus beijos despertavam, mesmo sabendo que o momento não duraria.

E não durou. Quando eu estava perdida e pulsante, ele se afastou encolhendo suas asas.

— Está aí a sua amostra. Quer mais? Estaria disposta a abrir mão da sua alma humana por isso?

Não respondi. Trêmula e cansada, apenas fechei meus olhos e esperei.

Ouvi sua risada ao perceber que eu estava fugindo da pergunta.

Quando abri os olhos, estava sozinha no banheiro.

Tomei um novo banho, mas dessa vez frio e rápido.

Eu escolhi a vida que levava. Eu assinei os papéis do casamento e o contrato. Eu fiz o pacto com o melhor amigo do diabo.

Nos dias seguintes, passei a evitar Benjamin ao máximo. Passei a dormir em um dos quartos de hóspedes. Felizmente, ele não questionou a minha atitude. Devia estar rindo da cena ridícula que viu.

Por mais que tentasse, eu não conseguia esquecer a humilhação e o desejo.

Quando pensei que as coisas poderiam melhorar um pouco, cheguei na Art's e percebi que todos falavam de mim pelas costas. Eles tentavam disfarçar, mas era possível perceber os risinhos.

O pior é que Naomi estava fazendo um trabalho externo e não poderia me contar nada sobre os motivos das fofocas. Talvez ela nem soubesse.

Apenas depois do almoço, entendi o que estava acontecendo.

Naomi chegou e já foi logo cobrando:

— Que história é essa de que vai ser a acompanhante do chefe na exposição?

— Eu vou o que? Onde? – certamente minha expressão mostrava a surpresa que suas palavras causaram.

— Uau! Você não sabe. A secretária está espalhando para todo mundo que você está *dando* para o chefe porque agora está de carro caro e ele a dispensou de acompanhá-lo a exposição por você. Anunciou que você o acompanharia. Estão todos falando que vocês são amantes. Eu só não gritei que são casados porque não sabia se você aprovaria.

— Obrigada por não falar nada. Quero que esse povo morra envenenado com o próprio veneno.

— Eu acho que o chefe, consciente ou inconscientemente, quer que saibam da relação de vocês – comentou com um sorrisinho de satisfação.

— Quem entende o que esse demônio quer? Que droga! Por que ele está fazendo isso? – queria saber o que Benjamin aprontaria nessa exposição.

— Deixa rolar.

— É o que vou fazer. Quando ele quiser falar comigo sobre os seus planos, que fale.

A resposta veio poucas horas depois em um e-mail que dizia: "Não fique tão animada. Apenas te usei para espantar essa secretária insuportável. Pelo menos até escolher uma substituta que me agrade. De qualquer forma, use o cartão que está na gaveta da biblioteca para comprar um vestido digno de uma funcionária que acompanha o chefe".

Respondi apenas um ok. E continuei evitando-o até a sexta-feira.

No dia do evento, desci as escadas lentamente para não tropeçar. Meu vestido longo era em um tom rosa bem claro e tinha renda na parte de cima.

Benjamin estava me esperando ao pé da escada de terno e sem gravata, como sempre. Parecia um príncipe e me senti uma princesa. Só por um instante, porque quando cheguei até ele, ouvi seu comentário como se recebesse um balde de água fria.

— Achou que se usasse um vestido de virgem me espantaria? Ou o seu desejo é me excitar?

— Hoje sou a sua funcionária. Espero ter escolhido a roupa certa.

— Escolheu – disse me olhando dos pés à cabeça e mordendo o lábio inferior.

Fomos para o carro em silêncio e em silêncio chegamos ao local do evento. Um famoso salão, onde muitos eventos importantes aconteceram.

Durante toda a exposição, Benjamin me tratou friamente. Muitas mulheres vieram falar com ele e com o artista, que era um senhor de mais de sessenta anos que começou a fazer esculturas após a morte da esposa, doze anos atrás.

Já estava quase terminando o evento quando Benjamin me ordenou:

— Senhorita Hughes, por favor, vá até o depósito e traga aquela escultura pequena que retrata o músico ao piano.

— Sim, senhor!

— Eu posso ir – um dos funcionários, que passava perto de nós, se ofereceu.

— Prefiro que a minha funcionária seja a responsável por essa obra. Espero que não se incomode – o cinismo em sua voz era quase palpável.

— Vou buscar e volto já! – para evitar que o funcionário insistisse e chamasse a atenção das outras pessoas, sai em direção aos fundos do salão.

Pelo caminho, sorri para algumas pessoas e me perguntei o que Naomi estaria fazendo enquanto eu estava em meio aquele monte de pessoas que ganha muito mais do que posso sequer sonhar.

Desci as escadas do depósito com cuidado e procurei pelo objeto, até encontrá-lo em cima de uma caixa no fundo do lugar.

Quando peguei na escultura, a luz se apagou deixando tudo em trevas.

Estranhei que nem a luz do corredor pudesse clarear um pouco. Não me lembrava de ter fechado a porta.

Com o coração aos saltos, comecei a apalpar ao meu redor e caminhar com cuidado para chegar à porta sem cair ou quebrar o objeto na minha mão.

Foi quando ouvi o barulho da porta, como se alguém a estivesse trancando.

— Quem está aí? – cheguei a imaginar se Antony poderia ser tão descarado ao ponto de me seguir e me atacar. — Pode acender a luz?

Não houve resposta.

De repente, uma mão me agarrou pela cintura e, completamente apavorada, comecei a atacar a pessoa usando a escultura como arma. Na hora, nem pensei em seu valor ou nas consequências que teria estragando-a.

Alguém me pedia calma, mas era uma voz distante. Sem conseguir ver o meu agressor que tentava me segurar, continuei atacando até que a luz se acendeu e vi Benjamin com o rosto sangrando e tentando segurar o meu braço. Nem percebi que, durante o *ataque*, nos aproximamos do interruptor.

— Oh, meu Deus! – parei com a mão no ar, antes de acertá-lo outra vez com a escultura.

— Não sou Ele.

— Me desculpe! Eu sinto muito.

— Eu queria te surpreender e acho que consegui. De um jeito errado, mas consegui.

— Juro que não queria machucá-lo, mas a luz estava apagada e você me agarrou. Eu pensei que, pensei que... – não queria dizer que pensei que fosse Antony.

— Eu disse a pessoa que estava comigo que ia ver por que você demorou. Fico imaginando o que ela e os outros vão pensar ao me ver nesse estado.

— Todos já pensam que estou dormindo com você. Agora tudo vai ficar pior – encostei em uma das prateleiras, mas ela se moveu sem aguentar o meu peso. Para não fazer mais bagunça, voltei a posição atual. — Por favor, fique aqui que vou buscar um kit de primeiros socorros.

— Não precisa disso. Se acha que a verdade é melhor, diga que estamos casados e que nos últimos dias você vem dormindo em outro quarto – parecia me provocar para saber se eu estava disposta a contar sobre o casamento.

— Você não sente dor? – tentei focar no mais importante.

— Claro que sinto. Se não fosse a dor, que graça teria em possuir um corpo humano?

Enquanto pensava no que fazer, olhei para a escultura de madeira, ainda nas minhas mãos, e notei, com desespero, que o braço do músico estava quebrado.

— Oh, Deus!

— Você usa muito o nome Dele – reclamou.

— Quantos anos preciso trabalhar para pagar por isso? – estendi o objeto na frente do seu rosto.

— Muitos anos. Mas pode pagar com a sua alma.

— Prefiro... – parei antes de completar. Não sabia o que podia preferir na situação em que estava.

— O que? Prefere morrer? Ou pagar com o seu corpo? – provocou.

— Mesmo que esteja ferido ainda quero te bater mais – respondi irritada com a forma como ele brincava com a minha preocupação.

— Vamos voltar – anunciou enquanto já se dirigia para a porta.

Imaginei que ele usaria o objeto quebrado como chantagem, mas não aconteceu. Pelo menos não naquele instante.

O segui de volta e quase tive um colapso quando ele entrou no salão e, com toda cara de pau possível, contou para todos que caiu na escada do depósito ao ir ajudar a sua funcionária.

Passei o resto do evento totalmente aérea, pensando em como pagaria a escultura.

O passeio

Benjamin

Depois do episódio no banheiro, Eva me evitou de todas as formas possíveis e parece que ficou pior depois do episódio no sótão, durante a exposição. Ela se mostrava cada vez mais confusa, parecia dividida entre o desejo e o medo de saber de uma vez quais seriam as consequências de destruir a escultura. A deixei sofrer um pouco com essa dúvida. A presença dela estava bagunçando, aos poucos, os meus sentimentos e afetando a forma como eu vivia nesse mundo humano.

Apesar de querer saber tudo sobre o que ela sentia por mim, fiz o impossível para não ficar ouvindo suas conversas no trabalho, afinal eu tinha que envolvê-la, não ser envolvido.

Estávamos quase na terceira semana de casados e não fiz nada para garantir que vendesse a alma.

Em uma quarta-feira, cheguei em casa e não a vi. O tempo passou e ela também não apareceu para jantar.

Ao me ver jantando sozinho, uma empregada me informou que ela estava na biblioteca desde que chegou do trabalho.

Resolvi dar um tempo para ela. Ainda devia estar muito envergonhada e eu poderia colocar tudo a perder se a pressionasse nesse momento. Humanos são tão frágeis!

O tempo continuou passando sem tréguas. Já se aproximava das três horas da madrugada e nada de ouvir ela entrar no quarto de hóspedes. Rolei na cama incomodado.

— Assim não vai dar!

Me levantei e fui procurá-la.

Abri a porta da biblioteca e ela estava deitada em uma das poltronas, em uma posição nada confortável.

— Vai continuar se escondendo só porque te vi se masturbando naquele dia? – usei essas palavras de propósito porque sabia como ela se envergonhava do que aconteceu.

Ela teve uma crise de tosse antes de responder:

— Só não queria atrapalhar o seu sono. Tentei ficar o mais longe possível do seu quarto para que não ouvisse... – a última palavra foi mesclada a outra crise de tosse.

— Está doente? – me aproximei e toquei sua face para sentir a temperatura.

— É só um resfriado.

— Você está tão quente quanto o inferno – o fato dela não reprimir o meu toque foi suficiente para eu perceber que estava muito mal. Me incomodou que não tivesse percebido antes.

— Duvido – ela riu e voltou a tossir.

— Vou obrigar algum anjo a curá-la.

— Não seja bobo! Resfriado é comum. Peguei chuva ontem.

— O que devo fazer?

Quando percebi que estava parecendo desesperado, completei:

— Morta você não me serve de nada.

— Só estou criando coragem para buscar um remédio. Pode dormir. Vou tomar um remédio e amanhã estarei ótima.

Passei um braço por baixo dela e a levantei no colo.

Ela segurou o meu pescoço com medo de cair e teve outra crise de tosse.

A coloquei na cama, pesquisei um monte de remédio na internet e voltei com chá, comprimidos e compressas.

Mesmo após ela ter dormido, continuei cuidando dela. Cuidando da maneira mais ridícula, pois estava pesquisando na internet como tratar de um resfriado.

— Droga, estou apaixonado por essa garota! – já não podia mais me enganar.

— Bom dia! – a cumprimentei quando chegou para tomar café da manhã.

Eu tinha passado o resto da madrugada em claro. Sai do quarto pouco depois das seis para ela não me ver de enfermeiro.

— Bom dia! – respondeu.

Estava pronta para ir trabalhar.

— Está se sentindo melhor?

— Sim. Obrigada por cuidar de mim ontem. Resfriados são muito chatinhos.

— Não foi nada.

Observei ela se alimentando até o momento em que se levantou e foi pegar as chaves do carro. Ainda tossia um pouco às vezes.

— Deixe essas chaves aí – ordenei.

Ela olhou da chave do carro para mim, antes de devolver o objeto ao lugar na parede.

Antes que perguntasse, respondi:

— Não vamos trabalhar hoje. Vamos fazer um passeio.

Ela ficou surpresa, mas tentou disfarçar e disse:

— O que devo levar? Vamos voltar ainda hoje?

Queria levá-la para um lugar onde Lúcifer, nem ninguém, esteve. Ainda não sabia o motivo, pois tinha certeza que consumar meus sentimentos seria fatal para nós dois.

— É uma surpresa. Pegue algumas roupas para um fim de semana e troque seu estilo para jeans e tênis. Você vai gostar e vai ajudar a se recuperar do resfriado.

— Quando saímos?

— Assim que terminar de aprontar as suas coisas.

— Volto logo! – disse e correu para o quarto.

Dez minutos depois, estávamos saindo no meu carro.

Coloquei uma playlist do *Gregorian* para a viagem de poucas horas.

Foi interessante ouvi-la acompanhar a letra e imitar a melodia.

— Não imaginei que gostasse desse tipo de música.

— Os cantos gregorianos me fascinam. Sempre que ouço esse projeto *Gregorian* tudo em mim se transforma em paz – se virou para mim com um sorriso.

— Mas eu nunca imaginei que você gostasse porque essas canções parecem orações.

Não respondi. Também não sabia o motivo pelo qual gostava tanto dessas músicas. Talvez fosse porque me lembrava a minha casa e os meus irmãos.

— E o que você sabe sobre os cantos gregorianos? – resolvi me desviar do comentário testando o conhecimento dela sobre o que dizia gostar tanto.

— Pouca coisa. Sei que as características foram herdadas dos salmos judaicos, cantados nas antigas sinagogas. Pelo que li, somente esse tipo de prática musical podia ser utilizada na liturgia ou outros ofícios católicos.

Ela me olhou por alguns segundos, como se esperasse uma interrupção, antes de continuar:

— O canto gregoriano não é um gênero musical no sentido estrito do termo. Desde o seu surgimento que a música cristã é uma oração cantada, a qual devia realizar-se com devoção. Santo Agostinho tinha um princípio que dizia que "quem canta, ora duas vezes". Acredito nele.

Gostei da forma como ela falou; cheia de empolgação. Então decidi contar um pouco sobre a história dos cantos gregorianos para passar o tempo:

— Diversos cantos eclesiásticos, de melodias simples, foram desenvolvidos em meio aos Séculos III e IV baseados nos recitativos da liturgia das primeiras gerações de cristãos. Cada região desenvolvia seu próprio repertório, bem como sua forma particular de execução. Dessa forma, antecedendo o que viria a ser tornar o canto gregoriano, têm-se diversos tipos de cantos litúrgicos praticados em regiões diversas. Por volta do século VI, Gregório Magno selecionou, compilou e sistematizou os cânticos eclesiásticos de diferentes liturgias ocidentais espalhados pela Europa, com o objetivo de unificá-los para serem utilizados nas celebrações religiosas da Igreja Católica. É de seu nome que deriva o termo gregoriano. Além desse feito, o Papa Gregório fundou a Schola Cantorum, instituição cuja finalidade era ensinar e aprimorar o canto litúrgico – me virei para ela por alguns segundos e percebi que ela me olhava com a admiração de uma aluna aplicada. Continuei falando: — Mosteiros e abadias de toda a Europa enviavam religiosos para Roma no intuito de adquirir a necessária formação musical para, posteriormente, levar tais ensinamentos para a comunidade local. Com a unificação e padronização realizada pelo Papa Gregório I, o canto gregoriano não apenas se propagou pelas igrejas e mosteiros da Europa, tendo seu auge na alta Idade Média, como também deixou de ser apenas recitações dos Salmos e trechos bíblicos. Monges de mosteiros por toda Europa começaram a compor músicas e poesias com o canto gregoriano. Um dos nomes que mais se destacou no que diz respeito à composição do canto gregoriano é o da freira beneditina Hildegarda de Bingen. Ela se destacou com a sua música e os com seus versos que transcendem o texto meramente religioso e beiram a poesia.

Enquanto falava, lembrei de minhas conversas com Lúcifer e pensei se Eva seria tão receptiva quanto eu fui enquanto ele me explicava coisas assim.

Para minha surpresa, ela se empolgou com o assunto e comentou:

— Você deve saber de tudo!

— Sei de muitas coisas – não consegui evitar o sorriso involuntário.

— Eu queria que houvesse mais canções assim. Com o surgimento da polifonia no fim da Idade Média, o canto gregoriano foi caindo em desuso e, consequentemente, no esquecimento – lamentou.

— O abade beneditino Prosper Guéranger da Abadia de Solesmes teve esse mesmo sentimento, por isso surgiu a iniciativa de, através do estudo de antigos manuscritos, iniciar o processo de restauração do canto gregoriano. Tal processo paleográfico ocorre até os dias de hoje, muitas vezes em parceria com universidades, buscando, não só a perfeita compreensão de manuscritos antigos como também o estudo performático para a execução mais apropriada do canto ritualístico.

Ela começou a falar da primeira vez que escutou os cantos gregorianos. Estava tão empolgada que até teve uma crise de tosse. Depois de se recuperar, bebendo algo, começou a rir e disse:

— Acho que nunca conversei tanto com você.

— Temos que conversar mais sobre música e todo tipo de arte. Acredito que saiba muita coisa para a sua pouca idade.

— Sei sim. Não sou só um objeto de aposta.

Rimos e continuamos a conversar sobre cantos gregorianos e a história da música, enquanto eu dirigia. Ignorei minha vontade de contar para ela sobre as minhas conversas com Lúcifer que se pareciam com esse nosso momento. Ainda precisava induzi-la a ceder sua alma e não podia arriscar que uma nova visão sobre o senhor do inferno pudesse atrapalhar.

Assim que a estrada acabou, estacionei o carro embaixo de uma árvore e peguei a mochila de Eva no porta-malas.

— Agora vamos andar.

O caminho era estreito. Tínhamos que andar em fila indiana. E para piorar o desconforto, uma chuva fina e constante começou a cair. Preocupado que Eva pudesse piorar do resfriado, estendi as minhas asas sobre ela.

Ela parou e me encarou.

— Não faça isso. Está molhando suas belas asas.

— Você acha minhas asas bonitas? – perguntei sentindo a vaidade pulsando em mim.

— São lindas! Nunca vi algo tão belo.

— Mesmo negras? – lembrei do quanto me surpreendi com a nova cor das minhas asas ao chegar na terra. Não havia mais nenhuma pena branca.

— Qual é o problema com essa cor? Não entendo o que quer dizer.

— Você está fazendo isso para que eu fique mais apaixonado. Você é uma monstrinha!

— Depois de todos os momentos vergonhosos em que me viu, duvido que qualquer coisa que eu faça consiga te conquistar.

— Não sabe de nada mesmo. Agora continue andando. Não se preocupe com as minhas asas.

— Veja! Uma casa – ela apontou uma estrutura de madeira logo a frente.

— É a minha cabana. O nosso destino.

— Achei que estivéssemos perdidos.

— Eu sou o único perdido aqui – disse resistindo ao desejo de segurar sua cintura e colar seu bumbum em minha ereção.

— Às vezes você fala coisas que não consigo entender.

"Nem eu."

Entramos na cabana de um cômodo com banheiro e expliquei:

— Aqui não teremos luxo. Cozinha e sala – apontei para um lado. — Quarto e banheiro apontei o outro.

— Esse lugar é lindo! – os olhos dela brilhavam mostrando que realmente tinha gostado. — Um pedacinho do paraíso.

Assim que terminou de falar, ela cobriu a boca com as mãos. Vi na sua expressão que estava incomodada com a possibilidade de ter dito algo que pudesse me irritar.

— As pessoas chamam os lugares de paraíso se espelhando no jardim do Éden mesmo que nunca o tenham visto. Mas quer saber? Realmente estão certos quanto a essa comparação.

— E como é o céu?

— O que você chama de céu eu chamo de um pedaço da minha casa. Casa da qual fui expulso – mesmo depois de tudo que Lúcifer falou sobre os propósitos do Pai, ainda me sentia expulso.

— Sinto muito por te fazer lembrar disso.

— Relaxa. Eu sempre estou pensando nisso. Se quer mesmo saber, o seu mundo foi espelhado no céu, mas depois os homens fizeram mudanças. Por isso prefiro lugares assim, me lembra de casa.

— Sente muita falta?

— Não o bastante para me arrepender das minhas escolhas, mas vamos mudar de assunto. Está ouvindo esse barulho? É de uma cacheira com uma piscina natural que tem no fundo da cabana. Assim que parar a chuva podemos ir lá, se quiser.

— Quero!

— Então vamos preparar algumas coisas para comermos lá.

A chuva já tinha passado quando terminamos de preparar sanduíches e suco. Também colocamos água e frutas na cesta que levaríamos. Nos trocamos e levei Eva pela mão.

Só de passar pela porta dos fundos já era possível ver a cachoeira. Ela correu, me puxando, empolgada para chegar a piscina.

— Uau! Parece um aquário – comentou logo que chegamos.

Estava admirando os peixes coloridos.

— Não os ame muito porque vou cozinhar um deles para você essa noite – comentei.

— Que indecisão! São tão lindos, mas adoro comer peixe.

Ri do seu comentário.

Nos sentamos nas espreguiçadeiras de madeira rústica e comemos alguns sanduíches enquanto observávamos a paisagem.

— Esse lugar é tão incrível. Pode me contar um pouco da sua história?

— Procurei um lugar longe de todos. Apesar de poder ir para qualquer lugar, me lembrei de uma vez em que sobrevoei esse. Naquele momento, só queria ver o quanto os humanos destruíam o que lhes foi concedido.

— Já havia essa cabana?

— Não. A construí aos poucos. Quando ficava entediado de ter tudo aos meus pés vinha até aqui e trabalhava na construção, sempre com cuidado para afetar ao mínimo a natureza. Fui trazendo as coisas aos poucos e os móveis trouxe na caminhonete e os arrastei. Foi trabalhoso e satisfatório.

— Esse lugar é perfeito para conquistar.

— Pois é a primeira mulher que trago aqui.

— Não sei porque, mas acredito. Obrigada por me trazer a esse paraíso.

Apenas sorri, me levantei e tirei a roupa, ficando completamente nu. Ela desviou o olhar.

— Não tem nada mais perfeito que nadar nu. Relaxa que não estou tentando seduzi-la.

— Pode não estar tentando, mas está conseguindo – resmungou confessando.

— Venha! Vamos nadar. Sugiro que fique nua também. Vai ser uma experiência única na sua vida – após dizer isso, pulei na piscina natural espantando os peixes.

Estava perto da cachoeira quando ela decidiu entrar na água. Fiquei surpreso ao ver que se desfez de toda roupa, antes de pular na piscina.

Me aproximei.

— Você já me viu sem roupa. Decidi que a experiência vale mais que a minha vergonha – ela falou antes que eu pudesse questionar.

— Não é deliciosa essa sensação de liberdade?

— Sim. A água está quente. Acho que vou vender a minha alma só para viver aqui até o meu último dia.

— Não podia descrever de melhor forma a sua alegria – brinquei.

— Essa viagem está sendo maravilhosa.

— Que bom! Vou nadar um pouco. Aproveite.

Para deixá-la um pouco mais à vontade, me afastei e fui nadar um pouco. Queria que ela se divertisse e sabia que a minha presença causava uma grande tensão sexual em nós dois.

Estava quase anoitecendo quando voltamos para a cabana. Levávamos um peixe grande para o nosso jantar.

— Pode tomar o seu banho primeiro. Irei em seguida – comentei enquanto limpava o peixe.

Ela pegou as suas coisas e seguiu para o banheiro.

Assim que terminei de limpar o peixe, me desfiz das roupas e enrolei uma toalha em minha cintura.

Quando ela saiu, alguns minutos depois, enxugando os cachos em uma toalha e vestindo um roupão, perdi qualquer migalha de controle que ainda pudesse possuir.

Me aproximei rapidamente e segurei seu braço arrancando a toalha da sua mão e puxando seu rosto para beijá-la.

Ela se esquivou do beijo e questionou:

— O que está fazendo?

A fiz me encarar e naveguei pelo desejo explícito em seus olhos.

— Shiiii! Deixa rolar – toquei seus lábios com a ponta do dedo antes de colar seu corpo ao meu.

Dessa vez foi ela quem me beijou, com ânsia e paixão.

A conduzi em direção a cama, sem parar de beijá-la. Seu roupão foi aberto durante o caminho e minha toalha caiu em algum momento.

Era maravilhosa a sensação da sua pele roçando a minha.

Estávamos nus, perdidos em beijos e caricias. Eu tinha urgência em estar dentro dela, mas, de repente, a imagem de Lúcifer torturando a sua alma, por ter cometido o pecado de vender algo tão precioso, me fez afastar o rosto da sua barriga, a qual eu descobria com a língua.

Alheia aos meus pensamentos, Eva levantou o tronco e passou a beijar meu pescoço e minha orelha. A cada toque, as imagens ficavam mais claras como se fosse um aviso de que eu estava quase atravessando um limite sem volta.

Transtornado, levantei bruscamente deixando Eva confusa.

— Não posso fazer isso! – saí do quarto antes de perder o controle outra vez. Eu não sabia o que aconteceria se me deixasse levar pelos sentimentos humanos que me possuíam, mas de uma coisa eu tinha certeza: Lúcifer encontraria um jeito de usá-los para vencer a aposta com Miguel.

Sai da cabana e dei algumas voltas. Já estava escuro quando decidi voltar.

Ao abrir a porta, vi que Eva não estava na cama.

O problema é que podia ouvir seus soluços vindos do banheiro.

— Eva, saia! Podemos conversar?

Demorou um pouco antes dela responder:

— Estou ocupada. Conversaremos mais tarde.

A voz saiu cortada nas últimas palavras. E pude ouvir os soluços que ela tentava abafar com as mãos.

As coisas não podiam continuar assim. Empurrei a porta arrancando-a das dobradiças, mas sem derrubá-la.

Ela ainda estava nua, sentada no chão gelado.

Me aproximei, me ajoelhei e a abracei.

— Ei, não chore! Vamos! Precisa sair desse chão por causa do resfriado.

O choro dela aumentou.

— Você é tão cruel! Me sinto um lixo que não merece ser amada.

— Não fala assim. Você merece tudo.

— Foi por isso que me trouxe aqui? Foi para me testar? Acha mesmo que eu abriria mão da minha alma só para consumar o meu desejo por você?

— Não é nada disso. Pare de chorar, por favor!

Ela simplesmente se afastou, tentando se levantar, mas a segurei com força.

— Me solta. Eu não quero mais fazer isso. Não quero mais desejar você. É humilhante, doloroso, e... e... eu não quero mais – lutava para se soltar.

Sem saber como agir, a peguei no colo e levei de volta para a cama.

Ainda irritada, ela se afastou e se enrolou no lençol.

— Podemos voltar para a sua casa agora?

— Até podemos, mas não é o momento.

— Pelo contrário – esfregou o rosto, limpando as lágrimas com uma ponta do lençol. — Eu estou pronta. Se você quer a minha alma...

— Está disposta a trocá-la por sexo? – a interrompi.

— Não. Estou disposta a trocá-la pela garantia de que nunca mais sentirei algo por você.

— Isso é loucura! – queria dizer que a amava, mas temia que fosse um caminho sem volta.

— Seu objetivo era a minha alma; conseguiu. A sua estratégia funcionou.

Ela começou a recolher as roupas espalhadas pelo chão. Parecia tão triste.

— Eu não quero mais a sua alma. Não foi por isso que parei quando estávamos aqui – passei a mão na cama.

— Não precisa mais mentir.

— Como eu gostaria de estar mentindo. Mas não estou. Tem algo aqui que doí demais quando penso que me envolver com você pode feri-la – apontei meu peito. — Ainda assim, meu corpo insisti em ir em sua direção. Estou marcado de forma irreversível e definitivamente não posso feri-la.

Para o meu desespero, ela recomeçou a chorar.

Corri e a abracei. O movimento fez o lençol cair. Com medo de que ela adoecesse novamente, a envolvi com as minhas asas.

Ela levantou o rosto e me encarou com olhos marejados, antes de dizer:

— Se estiver me testando...

Não a deixei continuar. Calei seus lábios com os meus e recolhi minhas asas para ter liberdade de levá-la a cama.

— Dessa vez não vou parar. Nem que o mundo desabe ao nosso redor – falava enquanto trilhava beijos pelo seu corpo.

Como que para deixar claro que falava sério, me posicionei entre suas pernas e a chupei. Era ali aonde eu queria estar; entre as pernas de Eva, ouvindo os seus gemidos, degustando o seu sabor e sentindo o seu corpo serpentear.

Quando, por fim, tive forças para me afastar, pude ver seus olhos brilhantes de desejo. Me deitei e ela veio tímida e sedutora se posicionando sobre mim.

Beijei seus seios, quando se aproximaram um pouco dos meus lábios.

E beijando seus lábios, a ajudei a ser penetrada pela primeira vez.

Não vi em seu rosto nenhuma expressão que denunciasse dor, apenas prazer.

Ainda assim, toquei seu rosto com preocupação. Pelas conversas que ouvia entre ela e Naomi, entendi que o pai adotivo nunca conseguiu nada e ela nunca havia se entregado a ninguém.

— Tudo bem?

Ela só balançou a cabeça confirmando e me beijou.

Começamos a nos mover enquanto nos mantínhamos o mais abraçados possível, trocando beijos e caricias.

Era a posição perfeita. Poderíamos nos perder em nossas expressões.

Eu queria ficar eternamente dentro dela, mas nossos corpos pediam que fôssemos mais e mais rápido. Até que desabamos no abismo delicioso, do primeiro de muitos orgasmos que teríamos juntos.

O verdadeiro paraíso

Benjamin

Com a cabeça de Eva sobre o meu peito, eu acariciava sua pele. A senti sorrir e questionei:

— Satisfeita?

— Estou sim, mas também estou muito preocupada.

— Relaxa. Sua alma ainda está segura.

— A minha alma é importante, porém me preocupo que algo possa acontecer com você por causa do que fizemos – levantou o rosto para me olhar.

— Fico lisonjeado com a sua preocupação, mas não é necessário. Sou capaz de cuidar de mim.

— Então existe essa possibilidade? Oh, Deus!

— Calma, confie em mim. Sou um anjo, esqueceu?

— Eu não vou me perdoar se te prejudicar por causa de sexo.

— Devia ter pensando nisso antes de ficar exibindo sua masturbação por aí.

— Não vai conseguir me fazer focar na vergonha quando menciona algo assim. Não agora.

— Só confie em mim, está bem?

— Ok! – concordou. Devia ter percebido que eu estava seguro do que dizia.

Ela não precisava saber que eu não tinha ideia de qual futuro me esperava.

— Tem uma coisa que queria perguntar. Espero que não te ofenda – decidi mudar de assunto.

— Que medo! – brincou me encarando e aceitando a mudança de assunto.

— Boba! Eu só achei estranho porque imaginava que você fosse virgem, mas apesar de ser deliciosamente apertada, não me parece que nunca foi penetrada.

Os dedos dela brincaram em meus ombros antes de responder, seguiam os traços da tatuagem.

— Tudo vai depender do que chama de virgindade – sua voz saiu tranquila. — Para ser sincera, acho que você fez um mau negócio ao me escolher para esse contrato.

— Só porque não é virgem? Isso não importa e, também, não fui eu quem escolhi.

— Sei. Fui escolhida por Miguel e Lúcifer. Mas me referia ao fato de eu ser louca o bastante para tirar a minha virgindade, simplesmente para que não me fosse roubada.

— Agora fiquei muito curioso.

— Depois do primeiro ataque de Antony, não consegui dormir direito por dias. Estava com a ideia fixa de que ele arrombaria a porta do quarto e me forçaria. Fiz vários planos de como poderia matá-lo sem ser presa, também fiz planos de fugir – ela falava e eu acariciava os seus cabelos. — Depois que Miranda não acreditou no que eu disse, tentei sair de casa e ela quase morreu em uma tentativa de suicídio. As coisas se tornaram mais complicadas. Foi quando eu fiz. Entrei no quarto de Miranda, enquanto ela estava fora, e usei um dos seus consolos para acabar com a minha virgindade.

— Por essa eu não esperava – a segurei pelos cabelos fazendo com que me encarasse. — Espero que tenha sentido algum prazer, como quando se tocava chamando por mim.

— Nenhum. Na verdade, doeu muito. Naquela época eu não te conhecia. E, antes de você, ninguém jamais me fez sentir assim.

— Você realmente é uma maluquinha! – a beijei e senti meu corpo despertar.

— Só fiz o que achei que devia – atrevida, ela literalmente me montou. Mordi o lábio com força para reprimir um gemido que escapou quando me fez penetrá-la.

O assunto ficou de lado, substituído por gemidos e palavras quase que desconexas.

Era quase madrugada quando meu estômago humano reclamou pelo excesso de atividade e falta de alimento.

— Não sabia que o estômago de um anjo roncava – Eva zombou brincalhona.

— Esse corpo veio com todos os acessórios. Você não está com fome?

— Faminta.

— Pode ficar na cama enquanto preparo aquele peixe.

— Não. Quero te ajudar.

— Então, vamos lá!

Quase desisti do peixe ao vê-la vestindo somente a minha camisa.

Enquanto eu separava alguns ingredientes, ela colocou uma música para tocar no celular.

— Gostei. É Tiziano Ferro, não é?

— Sim. Ti Scatterò Una Foto – respondeu orgulhosa por saber o nome da música que reconheci.

— Algumas músicas dele são irritantes, mas gosto de umas duas ou três. Essa é uma delas.

— Só tenho essa dele mesmo. Essa playlist é de variedades.

— Me diga uma coisa: Sabe italiano?

— Não. Mas sei o que quer dizer as partes que mais gosto. Trechos como: *Recordarei mesmo se você não quiser. E por medo de te perder, tiro uma foto sua.*

Enquanto ela declamava como uma pequena poesia e cortava alguns legumes, eu cortava o peixe.

Ela continuou dizendo:

— *Não basta mais a lembrança. Agora eu quero o seu retorno. E será belíssimo. Por que a alegria e a dor têm o mesmo sabor com você?* – ela percebeu o meu sorriso e reclamou. — Pare de prestar atenção em mim e concentre-se em nossa refeição.

A puxei e roubei um beijo, antes de voltar a minha atenção para o que devíamos terminar.

Apesar de desejar passar a eternidade naquela cabana, amando Eva todos os dias, voltamos no domingo.

Voltar me fez ter mais consciência do que aconteceria com ela se Lúcifer não ganhasse por minha causa, ao mesmo tempo em que me fez ter certeza de que ela também teria uma eternidade de dor e sofrimento se ele ganhasse.

Acabei decidindo pôr um fim ao amor que ela sentia por mim. Era o único jeito de mantê-la segura.

Lúcifer e Miguel tinham acesso aos meus pensamentos, apesar da aposta os proibir de acessar qualquer coisa que tenha a ver com Eva. Não podia arriscar. Miguel precisava ganhar e eu assumiria as consequências. Mas antes de colocar o meu plano em ação, quis aproveitar ao máximo meus últimos momentos com ela.

Na segunda-feira, chegamos em casa após o trabalho e eu reclamei assim que passamos pela porta:

— Por que ainda está de roupa?

— Estava te esperando. Pensei que gostaria de me despir.

Sem esperar um segundo convite, a peguei no colo e subi as escadas em direção ao quarto onde planejava amá-la, primeiro, embaixo do chuveiro, depois a consumiria em nossa cama.

Casamento de verdade

Eva

Segunda-feira tudo que eu queria, ao chegar na Art's, era me sentar com Naomi para contar o que aconteceu na cabana.

Estava tão ansiosa que corri para a sua mesa quando chegou o horário de almoço.

— Vamos sair daqui logo. Conheço essa sua cara de quem aprontou e quer contar – ela comentou rindo e pegando a bolsa.

Esperei chegarmos ao restaurante e fazermos os pedidos de sempre.

— Viajei com ele para uma cabana linda perto de uma cacheira – despejei.

— O que? Como foi? Me conta tudo. Vocês transaram?

— Foi maravilhoso. E sim, transamos várias vezes.

— Eu sabia que esse casamento não ia ficar só no papel. Com um gato cheio de disposição daqueles seria impossível.

— Não falamos sobre os termos do casamento. As coisas foram acontecendo.

— Pois trate de conversar sobre isso. Não quero que sofra. Se ele se apaixonou, ótimo. Mas se for apenas desejo precisa estar ciente.

Prometi que conversaria com Benjamin e passamos a conversar sobre os detalhes da viagem e sobre como ele cuidou de mim, quando estava mal do resfriado.

Naomi reclamou um pouco por eu não ter dado notícias, depois contou que passou o fim de semana no apartamento do namorado curtindo o amor.

Enquanto conversávamos, pensei no que ela disse e fiquei com medo. Se eu conversasse com Benjamin e ele dissesse que não sente nada além de desejo seria decepcionante. Decidi não falar nada. Deixar rolar e aproveitar enquanto durasse.

Ao voltar para a empresa, senti que a tarde passou mais rápido. Provavelmente porque a ansiedade de conversar com alguém havia passado.

Sai quase que ao mesmo tempo que Benjamin e o encontrei descendo do carro na porta da casa.

Não demorou para que terminássemos em um banho pornográfico.

— Tenho que aproveitar você porque semana que vem... – parei ao lembrar do que estávamos fazendo desde a viagem à cabana.

— O que foi? Parece preocupada.

— Ia dizer que semana que vem é a época da minha menstruação e me dei conta que estamos transando sem proteção desde a primeira vez.

— Eu não fico doente e não posso ter filhos.

Não gostei de imaginar que ele transava com todas sem se prevenir, mesmo que não houvesse perigos.

— Não seja ciumenta – disse adivinhando meus pensamentos através da minha expressão. — Se me tratar bem assim sempre, vou ser só seu.

— Eu já vi que é insaciável. E quando eu não puder satisfazer os seus desejos?

Uma sombra passou pelo seu olhar.

— Eu é que não posso satisfazê-la se desejar ter filhos.

— Não quero. Gosto de criança, mas só daquelas que posso devolver aos pais.

A risada dele foi estrondosa.

— Sempre me surpreendendo. Seus pensamentos não são os típicos dos humanos de coração puro.

— Porque não sou isso. Sou uma humana comum. Cheia de defeitos.

— Adoro os seus defeitos. Então o que acha de dar um fim a essa tal menstruação? Assim vamos poder fazer amor sem parar por causa desses dias.

— Vou procurar o meu médico amanhã. Também não gosto disso.

— Sua humana perfeita! Amo você – me beijou e passeou as mãos pelo meu corpo.

Notei que havia algo diferente em seu olhar, mas o jeito como me tocava apagava essa sensação.

— Podia ficar a vida toda sentindo seus lábios e mãos em minha pele. Poderia passar toda a minha existência olhando o seu rosto – encarando seus olhos, desci a mão até o seu membro excitado.

Sorrindo, pisquei para ele e desci beijando cada pedaço de pele até chegar onde queria, e chupá-lo com todo o meu desejo. Seus gemidos me extasiavam.

Descobri que sou muito ciumenta. Ver o quanto as mulheres, que passavam pela empresa, desejavam Benjamin, me causava uma mistura de raiva e orgulho. Tinha vontade de gritar: só olha porque ele já tem dona!

Não cheguei mencionar meus sentimentos malucos para ele. Apenas Naomi sabia do casamento e do meu ciúme. O que me fazia imaginar que Benjamin também sabia, pois apesar de me esforçar para não falar nada que ele pudesse ouvir, ela sempre deixava escapar um ou outro comentário.

Um dia, ao sair do trabalho, Naomi me arrastou até uma sexy-shop.

— Apesar de tudo, você está em uma lua de mel. Precisa de lingeries e fantasias a altura do marido que arrumou.

— Calma, garota! Ainda não conversamos sobre o que aconteceu. Se eu começar a encher minha cabeça com fantasias românticas posso me decepcionar e é você que vai me emprestar o ombro para chorar.

— Não estou dizendo para se jogar de cabeça. Tem que saber onde coloca o seu coração. O que quero dizer é que se quer uma chance precisa agradar. Nosso chefe é uma pessoa, digamos, muito sexual. Se você ficar no seu cantinho esperando ele tirar a roupa e pular em cima, outra pode ser mais esperta e pular nele. Me entende?

— Acho que sim.

Naomi estava certa. Se eu quisesse conquistar Benjamin devia ser mais ousada e mais presente ou ele podia ir atrás de todas aquelas mulheres que tiravam a roupa ao menor sorriso dele.

Escolhemos algumas lingeries e uma fantasia para cada. Naomi escolheu a de diabinha e me fez escolher a de anjo. Segundo ela, era a mais indicada no meu caso. Por achar que Benjamin agia como um demônio, eu teria que ser o oposto.

Assim que cheguei em casa, passei um longo tempo em um banho relaxante e depois me arrumando. Me olhei no espelho com um certo receio. Estava tudo certo com o meu corpo e a fantasia me deixou bonita, mas comecei a pensar se ela não faria Benjamin recordar de momentos ruins, afinal ele era um dos que foram expulsos.

Fiquei tão distraída que não ouvi a porta do quarto sendo aberta e nem a aproximação de Benjamin, até que ouvi:

— O que significa isso?

Me virei assustada ao finalmente ver a imagem de Benjamin através do espelho. Ele não parecia nem um pouco empolgado com a fantasia.

Envergonhada, coloquei o vestido, que usei mais cedo, na frente do meu corpo, mesmo sabendo que não esconderia nada. Principalmente o mais gritante; as benditas asas brancas.

Eu queria desaparecer. A situação parecia pior do que quando ele me pegou me masturbando no banheiro. Pensei em me fingir de mulher fatal e ir para cima dele, mas minhas pernas eram de uma mulher medrosa, não de uma femme fatale.

— Eu vou tirar. Acho que não sirvo para isso – gaguejei como nunca.

Com o vestido como armadura, tentei passar por Benjamin, mas ele me agarrou por trás amassando as asas da fantasia.

A sensação da barba dele no meu pescoço despertou meu corpo todo.

— Termina o que ia fazer. Não acredito que tenha comprado essa roupa apenas para se ver no espelho – ordenou com a voz rouca.

— Sua escolha de palavras sempre me desconcerta – o tom de voz dele mostrou que não estava nada irritado.

— Faça! – me soltou bruscamente e foi em direção a cama, onde se sentou com as pernas parcialmente separadas e com as mãos apoiadas no colchão.

Eu estava intimidada, mas ainda mais excitada, pois senti o quanto ele estava duro quando me agarrou.

Não fiz uma dança sensual nem nada parecido. Apenas fui até o espelho e comecei a despir a minha fantasia devagar, livre de qualquer pudor e brinquei com o meu corpo imaginando as mãos dele onde as minhas tocavam. Brinquei com meus lábios usando os polegares, desci os dedos pelo meu pescoço até meus seios, onde passei algum tempo brincando com eles por dentro do sutiã, até que desci as mãos pela minha barriga até penetrar uma delas na calcinha da fantasia.

O toque me fez fechar os olhos.

Foi rápido. Quando abri meus olhos, Benjamin estava na minha frente, nu. Seus olhos vidrados.

— Ben...

Antes que eu pudesse dizer qualquer coisa, ele arrancou o sutiã, com asas e tudo, e rasgou a calcinha me deixando nua.

Me prendeu contra o espelho me penetrando completamente, mantendo minhas pernas ao redor da sua cintura.

O espelho começou a rachar e ele inverteu nossas posições para que eu não me cortasse.

Insatisfeito com a posição, andou com minhas pernas ao redor da cintura até a cama, onde caiu me mantendo sobre o seu corpo.

A urgência dele era a mesma que me envolvia, então o cavalguei em completo desespero.

Depois de horas de um prazer intenso, em que os orgasmos não nos impediam de nos tocar e começar outra vez, nossos corpos estavam exaustos.

Benjamin se colocou sobre mim beijando o meu pescoço suado.

— Te devo uma fantasia, mas te culpo por aparecer tão deliciosa na minha frente.

— Quando te vi, achei que não tinha gostado. Já estava com vergonha e com medo dessa fantasia trazer recordações ruins.

— Me assustou um pouco. Não queria vê-la como um de nós, pois somos incapazes de nos relacionar fisicamente uns com os outros.

— Por que não?

— Poderia dizer que é como se relacionar entre irmãos, mas os humanos são meio que pervertidos e acabaram com a possibilidade dessa comparação.

— Entendo o que quer dizer, tanto sobre a perversão do mundo quanto sobre seus sentimentos sobre os seus irmãos.

— Você é uma mulher muito especial. Meu espanto não durou nem alguns segundos. Ao entender a sua intenção, eu é que virei um pervertido.

— Verdade. Estamos aqui há horas – me sentei na cama pensando em tomar um banho e dormir.

Como se ouvisse meus pensamentos, Benjamin se manifestou me abraçando pela cintura:

— Quem disse que acabou? Essa noite você não vai dormir – após dizer essas palavras, ele me conduziu para a banheira, onde nos amamos com toda a lentidão de quem não tem nenhuma pressa e quer aproveitar cada segundo.

Uma farsa dolorosa

Benjamin

Mesmo aproveitando cada segundo ao lado de Eva, era difícil seguir em frente com o plano de decepcioná-la. Encontrá-la em uma fantasia, exalando um misto de vergonha e desejo, foi uma tentação quase dolorosa. O problema é que eu não tinha escolha. Amá-la quando deveria desviá-la era um caminho que podia ser fatal para ela. Eu não podia aceitar.

Depois de amá-la até alta madrugada e dormir com ela em meus braços, era hora de colocar o plano em ação.

De manhã, segui no meu carro para a empresa e, ao entrar na sala, fechei as persianas. Não queria olhar para Eva e correr o risco de desistir.

Depois do horário de almoço, chamei Suzan na sala, depois de ordenar a Naomi que pedisse a Eva para me levar as fotos da última aquisição.

Suzan não se opôs em nada quando sugeri uma *rapidinha*. Sem nenhum pudor, ela se desfez da calcinha e questionou:

— Terei tempo para te chupar?

— Não. Vamos direto ao ponto – me esforçando para pensar em Eva nua e manter uma ereção, levantei a saia dela e fiz o que tinha que fazer.

Ficaria na posição até conseguir alcançar o meu objetivo. Mas alívio foi a última coisa que senti quando Eva abriu a porta.

Não me virei em sua direção. Continuei com a cena que montei.

Nunca foi tão difícil manter uma ereção.

Pude ver, através da parede espelhada, seu sorriso sumir e ser substituído por uma expressão de dor.

Ela parecia não saber o que fazer, como agir. As fotos caíram das suas mãos trêmulas.

Com uma mão na boca, como se controlasse para não chorar, ela saiu batendo a porta.

Foi o que eu precisava para me livrar de Suzan.

Ela se virou para a porta ao ouvir o barulho da madeira contra o batente.

— Alguém nos viu – me afastei abotoando a calça.

— Quem será? – ela não parecia tão preocupada. Eu já sabia que ela tinha planos de se tornar a primeira dama da empresa.

— Não sei. Isso só me faz ter certeza de que precisamos acabar com isso.

— Bobagem! Ninguém vai ser idiota de falar alguma coisa.

— Quero que, a partir de amanhã, você fique designada da nossa filial no Brasil.

— Eu não quero. Quero ficar perto de você! – se mostrou determinada.

Segurando o seu braço com força, ameacei:

— Você está tentando forçar alguma coisa? Sabe que a única coisa que temos é sexo. Jamais teria algo sério com alguém como você.

— Não precisa ser grosso.

— Ainda não fui grosso com você. Achei que fosse inteligente. Uma pessoa que te come quando quer e nunca te levou para jantar ou te apresentou a um amigo não quer nada contigo – revirei os olhos entediado. — Quer que eu desenhe?

— Não precisa. Você é mesmo um demônio – saiu da sala deixando a calcinha em cima da minha mesa.

Peguei o tecido com a ponta dos dedos e joguei na lata de lixo, antes de voltar a atenção aos arquivos que recebi sobre alguns quadros de um pintor do interior. Precisava me ocupar e parar de pensar em como Eva estava. Era difícil não correr atrás dela e implorar que me perdoasse por ser tão covarde.

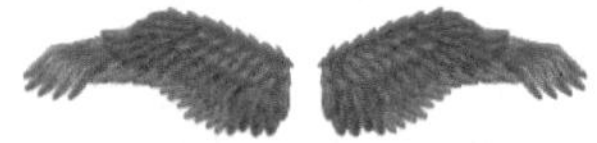

Depois de horas olhando a porta por onde Eva passou, sai da minha sala e, sob olhares curiosos, passei pelos os funcionários. Precisava de ar. Estava me sentindo sufocado.

Peguei o carro e comecei a dirigir sem destino. Quando me dei conta, estava indo direto para casa.

— Só vou ver se ela chegou bem. Não vou ceder à tentação de me desculpar e revelar que a estou afastando pelo seu próprio bem. Eva, você precisa me odiar – repeti várias vezes para tentar me convencer.

Quando cheguei em casa, procurei por ela discretamente. Ela não estava em lugar nenhum.

— O que você está fazendo, Benjamin? Deixe-a sofrer um pouco.

Apesar de ficar tentando me convencer, depois de algumas doses de absinto e muitas voltas na sala, acabei indo procurá-la.

O primeiro lugar onde procurei foi na casa de Naomi.

Quando ela abriu a porta do apartamento, vi que custava a acreditar na minha presença.

— Senhor Benjamin, em que posso ajudá-lo?

— A Eva está aqui com você?

— Não. Acabei de chegar em casa. Precisa que eu volte ao trabalho por algum motivo?

— Você falou com a Eva depois que ela saiu?

Diante da porta da minha funcionária, me dei conta de que poderia ter feito aquelas perguntas por telefone.

— Não. Ela passou por mim como um furacão e não pegou nem as suas coisas. Aconteceu alguma coisa? Vocês brigaram?

"Você fala demais!"

Não senti a presença de Eva e, pela atitude de Naomi, tive certeza de que ela não escondia a amiga.

— Nesse caso, amanhã ligo ou falo no trabalho – disse qualquer coisa, dei as costas e fui em direção ao elevador.

— Espere! Senhor Benjamin!? – a voz dela demonstrava o quanto estava perdida com a minha atitude. Era possível que ela fosse mais transparente que Eva.

Fingi não ouvi e entrei no elevador apertando o botão do térreo. Meu objetivo era encontrar Eva e saber se ela estava bem, não bater papo com a sua melhor amiga. Em nada me incomodava ter deixado ela totalmente confusa sobre o motivo da minha visita. Quando encontrasse a amiga, certamente seria colocada a par de toda a situação.

Dei algumas voltas pela cidade, imaginando que Eva poderia ter caído nas mãos de humanos pervertidos. Pela primeira vez, senti falta dos meus poderes que Lúcifer tirou de mim quando decidi ficar entre os humanos. O trato é que eu só os teria quando estivesse em seus domínios. Segundo ele, precisava me castigar pela demora em segui-lo. Fiquei com algumas poucas habilidades e com as minhas asas, que nem ele nem Miguel poderiam tirar.

Sem saber por onde procurar, decidi voltar para casa e esperar o seu retorno. E foi chegando em casa que vi algo que despertou o monstro do ciúme em mim.

Coração em pedaços

Eva

Não podia acreditar no que meus olhos mostravam. Não depois de tudo; depois dele confessar que me amava e de agir como se fôssemos um casal de verdade. Ele não podia ser tão cruel.

Nem sei como consegui forças para puxar a porta e sair da empresa.

Enquanto andava sem rumo certo, ouvi a voz de Naomi me chamando, mas parecia tão distante. Não voltei para o meu lugar, nem mesmo para pegar a minha bolsa ou o celular.

Sai da empresa sem destino. Apenas andava e chorava lamentando o meu amor por Benjamin. Queria voltar no tempo e nunca ter aceitado a sua proposta. Que outro anjo ou demônio viesse para me tentar, mesmo que com dor.

Andei, chorei, lamentei, me culpei e continuei andando até que uma buzina insistente me fez ter medo de olhar e ver a cara de Benjamin. Mas não era ele.

Um sorridente Serafim gritou do carro:

— Carona?

Só de pensar em abrir a boca para responder as lágrimas aumentaram. Me esforcei para conseguir balançar a cabeça negando.

— Então vou te seguir como da primeira vez.

Olhei ao redor e não reconheci onde estava. Sem bolsa, celular ou dinheiro para o ônibus, tive que aceitar a carona.

Parei e limpei meu rosto o máximo que pude com as costas das mãos.

Serafim não disse nada, parou o carro, desceu e me conduziu pelo braço até me ver sentada e com o cinto de segurança.

Só depois, ele perguntou:

— Quer que te leve até a sua casa?

— Não. Pode me deixar na casa de uma amiga?

— Você já está com um amigo. Vou te levar para a minha casa e, quando estiver melhor, decidimos o que fazer.

— Tudo bem!

Chegamos na casa dele quando já estava escurecendo. Virei o rosto para não ver a frente da casa de Benjamin enquanto passávamos.

Sentada na sala de Serafim, ainda não conseguia dizer nada, mas já não havia mais lágrimas.

Ele me entregou uma caneca com um chá forte.

— Coloquei um pouco de conhaque. Vai te ajudar a se sentir melhor.

— Obrigada! E desculpe por estar aqui com essa cara de velório – tentei sorrir.

— Quer falar sobre o que aconteceu? – ele se sentou ao meu lado e segurou a minha mão.

Seu toque me fez sentir bem. Coloquei minha mão sobre a sua e respondi:

— Não conseguiria. Só de pensar nisso já me dá vontade de vomitar.

— Então vamos falar de outras coisas para você esquecer isso e não vomitar.

Acabei sorrindo com suas palavras e aceitei a sua sugestão.

— Primeiro gostaria de saber se você pode me emprestar o seu banheiro. Se eu puder tomar um banho, acho que vou me sentir bem melhor para aproveitar a companhia do meu amigo.

— Claro! Venha comigo.

Ele me levou até o quarto da irmã que eu ainda não conheci.

— Pode pegar as roupas de Pamela emprestadas. A maioria é coisa nova que ela nem tirou a etiqueta. É uma consumista que compra tudo que vê e depois nem usa.

— Obrigada! Vou aceitar e depois devolvo.

— Fique à vontade. Vou preparar uma macarronada para o nosso jantar.

Sorri agradecida. Tomei um banho rápido, usei o vestido mais simples que encontrei no guarda-roupa e guardei minha roupa em uma sacola.

Depois de descer, fiquei observando Serafim terminar a macarronada e tentando não lembrar do fim de semana com Benjamin na cabana. O vinho tornava as lembranças ainda mais dolorosas, por isso não exagerei ou poderia fazer papel de idiota na frente do meu amigo e poderia até ir implorar a Benjamin que pedisse perdão.

Enquanto jantamos, e depois disso, ficamos conversando sobre música e livros, ele me mostrou suas coleções, contando a história de como adquiriu cada livro e disco.

As horas passaram e me assustei quando vi que era meia noite.

— Nossa! Nem vi o tempo passar.

— Isso é ótimo. Significa que esqueceu as coisas que te fizeram chorar.

— Você é um excelente amigo. Acho que foi colocado em minha vida por Deus.

Achei estranho o olhar dele quando disse isso. Pareceu triste.

— Quer dormir em um dos nossos quartos de hóspedes?

— Não precisa. Vou enfrentar os meus problemas de uma vez – me levantei do tapete da biblioteca e ele me seguiu, enquanto eu pegava minha sacola.

— Eu te levo. Isso não vai poder negar.

— Não vou.

Saímos. Ele começou a guiar cantando a música que tocava, mas, pela primeira vez, uma das minhas músicas favoritas me fez sentir dor de cabeça.

Me ouvi pedindo:

— Desculpe, mas pode desligar a música? De repente, parece que a minha cabeça vai explodir.

— Quer que te leve ao hospital? – perguntou enquanto desligava o som.

— Não precisa.

Percebi que não sentia mais o mesmo amor pela música. Depois das conversas com Benjamin, qualquer melodia me fazia sofrer com se levasse tapas no rosto.

Chegamos rapidamente ao portão da casa de Benjamin.

Enquanto descia do carro, com a ajuda do meu amigo, o carro de Benjamin parou ao lado do nosso.

Ele desceu como um furacão e me puxou pelo braço me afastando de Serafim.

— Eu estava te procurando e você passeando com esse cara.

O toque dele me fez lembrar da cena no escritório.

— Tire essa mão suja da minha pele! – exigi.

— Quem é esse cara? – ele ignorou o que eu falei.

— Sou amigo dela – Serafim respondeu ameaçador.

— Serafim, por favor, me empreste o seu celular. Preciso chamar a polícia para denunciar que estou sendo agredida.

— Não exagere! – por fim, ele me soltou. — Vamos entrar e conversar.

— Era o que eu estava fazendo antes de ser interrompida.

— Você vai ficar bem, Eva? – Serafim pareceu preocupado.

— Com certeza. Não entraria se tivesse dúvidas.

— Qualquer coisa me liga.

Sorri para tranquilizá-lo e esperei ele partir antes de entrar no carro de Benjamin.

Foi estranho entrar na casa. Era como se fosse a minha primeira vez ali novamente.

Pensei em correr para o quarto e me trancar, mas também era o quarto dele.

Simplesmente cruzei os braços sobre o peito e esperei. Vi ele ir até o bar e encher uma taça com absinto.

Bebia como se não me notasse ali esperando.

— Disse que queria conversar. Se mudou de ideia diga para que eu possa ir secar os cabelos.

— Tomou banho na casa dele? – me olhou da cabeça aos pés, como se só nesse momento se desse conta de que eu não usava a roupa com a qual sai da empresa.

— Sim.

— Sabe que se me trair estará quebrando o nosso acordo, não sabe? E a multa será o mais insignificante dos seus problemas – sua voz era ameaçadora.

— Eu sei – não me importava nem um pouco as suas ameaças.

— Está me testando? Quer saber até onde vou antes de te fazer sangrar?

Me assustei com suas palavras, mas me mantive firme.

— Não se preocupe. Enquanto durar o prazo desse contrato não vou transar com ninguém. Nem com você. E se tiver que sangrar, sangrarei, pois fui eu que escolhi entrar na bagunça em que estou.

— Não seja tão dramática! Mas entendo. É minha culpa que tenha imaginado um romance. Isso acontece com todas que já *deram* para mim.

Me segurei para não cair de joelhos com a dor que suas palavras me causavam. As lágrimas queimavam meus olhos.

— Posso dizer uma coisa? – minha voz saiu baixa, porém firme.

— Fale.

— Eu entendo que esteja nessa situação só por obrigação. Que talvez nem goste de mim ou que goste como a qualquer outra mulher que já *comeu*. Só não entendo como pretende me submeter. Talvez quando eu estava à espera de um romance de contos de fadas pudesse até entregar a minha alma como saída para te esquecer, mas depois daquilo que presenciei, quero mais é que seja culpado por fazer seu amiguinho perder a aposta. Nem que me torture dia e noite, não vai conseguir nada de mim.

Ele riu com deboche.

— Não se ache tão importante. O único motivo para estar aqui é que sortearam um número para escolher um brinquedo e saiu o seu. Antes do prazo, terá vendido a sua alma por uma ninharia.

— Veremos.

— Dá para sair da minha presença? Estou ficando enjoado da sua cara, da sua voz, da sua cor, de tudo em você.

Quando ouvi ele mencionar a minha cor, tudo ficou vermelho. Ouvir aquilo foi muito pior do que pegá-lo transando com outra. Antes de partir para cima de um homem de dois metros, sai em direção ao quarto.

— Vá para o inferno, seu racista miserável! – gritei com toda minha raiva.

Já estava nas escadas quando ouvi sua resposta.

— Sempre que sentir tédio.

Entrei no quarto de hóspedes e bati a porta.

Nem cheguei a dar um passo e meu telefone antigo, que ficava em casa, tocou. Vi que era Naomi e pensei em não atender, mas imaginei que ela poderia estar preocupada pelo jeito como sai da empresa.

— Alô! – atendi sem muito ânimo.

— Desculpe te ligar tão tarde, mas não consegui dormir. Você está bem?

— Estou. Já estava indo dormir.

— Tem certeza? É que saiu tão perturbada da empresa e depois seu marido veio à minha casa sem nenhum motivo válido. Fiquei muito preocupada.

Me surpreendeu o fato de Benjamin ter ido até ela.

— Pode ficar tranquila. Tivemos uma discussão, eu não queria ver ele e me escondi na casa de um amigo.

— Ele deve ter ficado preocupado para vir até aqui.

— Não sei o que esse imbecil pensa – deixei escapar um pouco da minha raiva.

— Quer falar sobre o que aconteceu?

— Em um outro momento.

— Tudo bem! Boa noite e qualquer coisa me liga, não importa a hora.

— Boa noite! Digo o mesmo. Estarei sempre aqui por você.

Desligamos. Meu coração ficou um pouco mais tranquilo depois dessa pequena conversa com a minha amiga. Por isso, decidi voltar e enfrentar Benjamin, depois de um banho. Precisava saber como funcionaria nosso contrato depois do que aconteceu.

Culpa + amor = desespero

Benjamin

Ver Eva sair do carro de outro homem fez o ciúme crescer em proporções estrondosas. Quase desisti de continuar a farsa.

E quando entramos não falei nada com medo de fraquejar. Se ela chorasse eu ficaria de joelhos e pediria perdão. Tive que recorrer ao álcool como um humano fraco, mesmo sabendo que não tinha o mesmo efeito em mim.

E no meio da discussão, que planejei cuidadosamente para que ela me odiasse, percebi que o que ela sentia por mim era tão forte quando o que eu sentia por ela. E fiz a única coisa que sabia ser imperdoável para ela; ofendi a sua cor.

Ver o quanto ela ficou assustada com aquilo era a prova de que ficaria segura, longe de mim.

Quando ela saiu, magoada, eu murmurei para a sala vazia:

— Eu te amo! Amo tudo em você. Me perdoe.

Fiquei algumas horas na sala bebendo todo o absinto, porém, sem conseguir ficar bêbado. Subi para o quarto e não a encontrei. Antes de enfrentá-la outra vez, tomei um banho e respirei fundo.

Pensei em ir até o quarto de hóspedes onde sabia que ela estava, porém ela apareceu e já foi logo questionando:

— O dia de hoje muda alguma coisa no contrato? Estou meio perdida.

A encarei surpreso com a sua atitude. Tenho certeza de que a minha sobrancelha arqueada deixava claro que não esperava essa reação.

— Eu é que te pergunto, ainda quer continuar casada comigo e ser tentada? – resolvi permanecer no personagem de monstro que criei.

— Nada que possa me oferecer me interessa.

— De qualquer forma vamos ter que continuar morando juntos até o fim do prazo. Afinal a aposta não é minha.

— Tanto faz. Acho que o seu amigo escolheu a pessoa errada para me convencer.

— Também acho. Ele deve estar me torturando por algo que fiz.

— Então, para não ser injusto, deveria alertá-lo para que envie outro.

— O erro já foi cometido. Ele vai ter que arcar com as consequências – a possibilidade de outro tentando-a me apavorava.

— Tanto faz. Vou fazer um chá e dormir.

— Suas coisas estão no carro que usa. Mandei que trouxessem – lembrei do carro que ela abandonou na empresa.

— Uhum!

Imaginei ela pensando em pedir demissão, mas mudei o rumo dos pensamentos e anunciei:

— Ainda dormiremos na mesma cama.

— Tanto faz. Desde que não me estupre.

Fiquei mudo com suas palavras. Podia sentir que me via como seu maldito pai adotivo. Quase soltei um palavrão.

De manhã estávamos os dois de mal humor. Nos sentamos à mesa e comemos o café da manhã. Se me perguntassem depois que gosto tinha o que comi ou o que era, eu não saberia dizer.

Sem me dar conta, acabei contando algo para ela.

— Sabia que o seu amiguinho é o anjo que foi designado para garantir a vitória de Miguel? – no fundo, minha única motivação para contar era o ciúme, pois para o meu coração Rafael era uma ameaça. Eu devia fingir que não o conhecia, esse era o trato que quebrei.

Ela me olhou com desconfiança e não disse nada.

Seu silêncio me incomodou.

— Não acredita ou não se importa?

— Estou decidindo.

— Pois aproveita para não ter outra decepção como a que teve comigo. Ele não é seu amigo de verdade. Vai fazer o que for necessário para que não venda a sua alma.

— Acho isso uma coisa boa.

— É um ponto de vista.

— O máximo que pode acontecer é ele fazer comigo o mesmo que você fez.

Imaginei ela usando uma fantasia provocante e Rafael amando-a. Gelei completamente.

— Duvido que ele vá querer algo com você depois do prazo, e antes você está presa ao contrato.

— Talvez ninguém mais me olhe depois desse ano, mas não me importo.

"Eva, pare de se menosprezar. Você é o ser mais merecedor de amor que já conheci entre humanos e anjos". Queria gritar o quanto a amava, mas me segurei mordendo o lábio inferior até sentir o gosto de sangue.

— Me importo muito menos – sai antes que não pudesse mais me controlar.

Outro anjo apaixonado

Eva

Ao chegar à empresa, no dia seguinte, fui surpreendida pela visita de Serafim.

— Podemos conversar um pouco? Vai ser rápido – pediu após nos cumprimentarmos.

— Claro.

O levei até a sala onde alguns clientes descansavam e tomavam café. Benjamin ainda não havia chegado.

Depois de nos sentarmos, ele pegou minhas mãos sobre a mesa e as acariciou. Achei a atitude estranha, mas foi pior quando ouvi:

— Tenho que confessar que não te vejo apenas como amiga. Passei a noite inteira pensando nisso depois da nossa conversa e do que aconteceu com você.

— Não diga isso, Serafim – puxei as mãos com delicadeza e me levantei.

Serafim me segurou pela cintura, quando tentei passar por ele, e se levantou. Foi quando eu soube que ele iria me beijar.

Afastei o rosto tentando não ser brusca.

— Não gosta nem um pouco de mim? – ele insistiu.

— Gosto sim, mas como amigo. Mesmo sabendo que só está agindo como amigo por causa da tal aposta.

— Você sabe quem sou eu? – ele se mostrou assustado.

— Sim. Você é Rafael, o anjo que está ajudando Miguel a ganhar a aposta. Benjamin me contou depois que nos viu no portão naquele dia. Imagino que ele queira me afastar para garantir que você não consiga me influenciar.

Depois de alguns segundos, ele sorriu.

— Isso não importa mais. Já me perdi. Estou tão apaixonado que quero que essa aposta vá para o inferno com Lúcifer, Benjamin e Miguel.

— Mesmo achando que está fazendo isso para me afastar de Benjamin, ainda gostaria que continuasse como meu amigo.

— Agora que tenho certeza dos meus sentimentos, vou me esforçar ainda mais para te tirar dos braços daquele demônio. Não posso permitir que sua alma seja mais um brinquedo nas mãos de Lúcifer ou que Benjamin a magoe mais.

— Não há nada que ele possa usar como artifício e duvido que possa me magoar mais.

— Será?

— Você não sabe nada sobre o que acontece entre nós.

— Então me diga.

Apesar de ainda estar com raiva de Benjamin, não consegui contar sobre os nossos problemas. Sabia que isso o prejudicaria por causa da tal aposta.

— Vou resolver sozinha. Não se preocupe.

— Pode até ser, mas não vou desistir de você.

Com essas palavras, ele se foi.

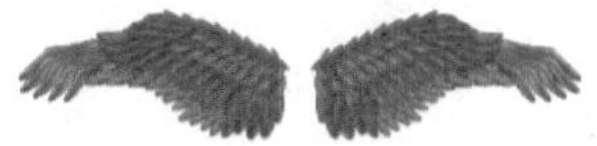

Depois da minha estranha conversa com Serafim, acabei parando na casa de Naomi, depois do expediente. Precisava conversar sobre as coisas que estavam acontecendo e no trabalho era impossível por causa dos poderes do chefe.

Primeiro contei sobre Benjamin e a sua traição.

— Estou pasma! Parece surreal. Não acredito que aquele infeliz te traiu e ainda teve a audácia de agir com preconceito.

— Fica calma! Não vá procurar briga com ele. Eu resolvo.

— Não sei se vou me segurar. É como se aquele crápula tivesse olhos e ouvidos biônicos e te fez entrar na sala de propósito.

As palavras dela fizeram eco na minha cabeça. Fiquei pensando se Benjamin me odiava tanto a ponto de armar para que eu o visse com outra.

— Vamos deixar as partes biônicas dele de lado. Nem te contei tudo.

— Não me fala mais nada, senão nem vou esperar para pegar aquele cara na empresa – se levantou irada. — Vou dar nem que seja uma cadeirada naquele demônio.

— Calma! Essa parte não tem a ver com Benjamin. Lembra que te contei sobre o vizinho dele? – segurei sua mão e a fiz voltar a sentar.

— Claro. Você me disse que ele tem cara de anjo.

— Exato. Ele se declarou para mim.

Ela ficou muda por alguns instantes, antes de abrir um largo sorriso.

— Agora sim ouço uma ótima notícia. Trata de dar um pé na bunda daquele racista e investir no anjo.

Eu sorri. Ela deve ter achado que meu sorriso se devia ao fato de que gostei da ideia de namorar Serafim, mas eu, na verdade, queria dizer a ela que ambos eram anjos.

— Não é tão simples. Só sinto amizade por Serafim. Além do mais, o contrato que assinei com Benjamin prevê uma multa absurda se eu o trair.

— E se ele te trair, não muda nada?

— Pior que não. Senão eu já estaria bem longe dele.

— Droga, amiga! Precisa se afastar logo. Posso ver em seus olhos que está apaixonada. Aquele demônio pode te fazer sofrer muito ainda.

"Eu sei. Doí até respirar."

— Fique tranquila. Mesmo morrendo de amores, nunca vou ficar ao lado de alguém que não me ama.

— Pois eu garanto que, assim que acabar esse prazo de um ano, você vai encontrar um homem muito melhor que esses dois. Um gato que valoriza essa pele cor de chocolate ao leite que eu tanto invejo – analisou os próprios braços teatralmente. — Não tem pena da sua amiga branquela?

Acabei rindo. Naomi tinha o poder de me deixar feliz com palavras bobas.

— Não foi a senhorita que disse que é muito mais bonita que eu?

— Eu sou mais bonita, porém me falta cor. Se eu pudesse roubar a sua não haveria quem me segurasse. Haveria homens morrendo de amor por todos os lados. Por isso, minha mãe sempre dizia que *Deus não dá asas a cobra.*

— Acho que um tal de Luke iria adorar ouvir a nossa conversa – provoquei me referindo ao seu namorado atual.

— Parei! Aquele dali parece ter sensor. Vamos mudar de assunto e dar uma volta no shopping. Preciso de algumas coisas e quero aproveitar a sua companhia.

— Vamos! – levantei-me rapidamente.

Gostei da ideia. Já começava a me sentir bem melhor.

Saindo do personagem

Benjamin

Experimentar Eva foi o pior dos meus erros. Perdi completamente qualquer interesse em outras mulheres e a desejava com mais desespero a cada dia que passava.

A forma como ela se esforçava para disfarçar que me queria, mexia ainda mais comigo. E a forma como tentava esconder sua raiva e tristeza, me fazia querer ajoelhar aos seus pés implorando perdão e me oferecendo para ser seu escravo.

Sentia falta da música, ela nunca mais ligou o Gramophone. Sequer chegou perto da sala do piano. Parecia ter adquirido uma aversão a música.

Depois de um sonho extremante erótico, acordei desesperado por não ser real.

Olhei para o lado e não vi Eva.

— Não ter você é pior que ser expulso do meu lar – confessei para o quarto vazio.

Vesti o roupão e desci em busca de uma água gelada para aplacar o fogo em meu interior.

Quando entrei na cozinha, a vi concentrada em misturar canela e mel em um copo de leite.

Quando dei por mim já estava com os braços ao redor da sua cintura, colando seu corpo ao meu e dizendo:

— Não posso mais. Vou colocar nós dois em risco, mas não posso mais.

— Pare, Benjamin! – pude sentir em seu tom que ela não queria que eu me afastasse.

— Não posso, meu amor. Não posso.

Ela afastou as minhas mãos. E foi atrás de um pano para limpar o leite derramado.

— Eva, eu te amo. Sei que te amar pode ser destrutivo, mas amo – insisti.

— Eu vi o quanto ama. Foi uma cena linda.

Ver que os olhos dela se enchiam de lágrimas me fez sentir como se uma espada penetrasse o meu peito.

— Fiz aquilo de propósito. Queria que você visse e deixasse de me amar – confessei.

Ela riu com amargura.

— Assim como quando disse que tem repulsa por tudo em mim? E quando foi racista dizendo que não suporta a minha cor? – antes que eu pudesse me defender ela continuou: — Tenho orgulho da minha cor. Não só isso, sou apaixonada por ela e por tudo em mim.

— Você é linda! Tudo em você é lindo. Te fazer me odiar foi a única forma que pensei para garantir que você e sua alma ficassem seguras.

— O pior em tudo isso é que não conseguiu que eu o odiasse. Só me fez sofrer. Só me fez achar que sou a última das mulheres. Toda vez que olho no espelho, me sinto feia e toda vez que olho para você, me sinto usada.

Ela dizia que amava tudo em si e, logo em seguida, dizia que consegui fazer com que se sentisse feia.

Essa contradição me enlouquecia. Me fazia sentir mais culpa do que já sentia.

— Pois você é a única das mulheres. A mais linda e desejável de todas.

Ela riu novamente.

— Eu me enganei, Lúcifer fez a escolha certa ao optar por você. Consegue me deixar confusa. É bem provável que consiga que eu entregue a minha alma. É bem provável que me faça cair em seus braços outra vez só para destruir o resto do meu coração.

Acho que não existia dor tão aguda como a que me atravessava vendo-a tão frágil.

— Depois que você apareceu, comecei a cometer um erro atrás do outro e aquela cena no escritório foi outro erro que pensei que fosse o certo. Chamei Suzan e garanti que você nos veria porque se Miguel percebesse nossos sentimentos poderia te machucar para que eu garantisse a vitória dele e Lúcifer poderia me usar para te fazer ceder. De qualquer forma, eu achei que não podia arriscar, mas veja onde estou; arriscando tudo por não conseguir me afastar.

— Tanto faz.

Sorri ao perceber que ela sempre dizia isso quando se sentia confusa.

— O que eu faço para te provar que te amo?

— Eu achei que me amava uma vez. Não posso...

A interrompi:

— Deixe-me começar sendo sincero sobre tudo. Me deixe cuidar de você.

Fiz novamente o leite, como já tinha percebido que ela gostava, e pedi, entregando o copo:

— Leve para o quarto e vamos conversar lá. Aqui está frio.

Só depois que ela se sentou encostada na cabeceira da cama, foi que cobri seu corpo até a cintura e comecei a contar os meus temores, meus pesadelos, sobre tudo que sabia sobre Miguel e Lúcifer. Não escondi nada.

Ela ouviu tudo sem esboçar uma reação que me indicasse que me odiaria para sempre ou me perdoaria.

No fim, perguntei:

— O que acha?

— Que não me ama tanto quanto diz – respondeu me encarando.

— Não diga isso. Ouvir sua linda voz dizendo isso me mata.

— Você é um anjo; caído, mas um anjo. E não sente como os humanos. Talvez seja por isso que não pensou em como me feriria te ver com aquela mulher.

— Eu cortaria as minhas asas se isso a fizesse acreditar no meu arrependimento.

— Está bem. Me dê um tempo.

— Todo o tempo que precisar. Eu esperarei.

Ela escorregou se deitando, depois de guardar o copo vazio na mesa de cabeceira.

Levei minha mão em direção a sua cintura, mas parei e pedi:

— Posso ao menos abraçá-la enquanto dormimos?

Ela não respondeu, então me atrevi a abraçá-la, como fazia antes da farsa.

Senti suas costas em meu peito e uma paz imensa se apossou de mim.

— Obrigado! – agradeci baixinho.

Depois de alguns minutos sentindo-a tão perto, percebi que ela começou a chorar.

— Por que essas lágrimas? – perguntei preocupado.

Ela apenas balançou a cabeça. Entendi que não queria falar, mas não pude simplesmente ficar quieto, então a abracei com mais força e sussurrei uma cantiga que costumava cantar quando queria meditar.

Não demorou para que ela dormisse.

Mão por mão

Eva

Não era porque dormíamos na mesma cama ou porque o deixei me abraçar, que esqueceria o que vi em sua sala. Trabalhar naquele lugar se tornou um martírio, pois sempre que olhava em direção a sala de Benjamin, e via as persianas fechadas, imaginava que ele estava com uma mulher. Acho que fui tão transparente em meus pensamentos que ele passou a manter sua posição o mais visível possível, mesmo quando recebia pessoas importantes para pequenas reuniões.

Passaram alguns dias desde a nossa conversa sobre a sua suposta farsa. Ele agia como prometeu. Não exigia nada e sempre me presenteava com pequenas coisas como flores, livros, pelúcias, até pedras bonitas da cachoeira.

Eu queria acreditar que ele realmente me amava e tinha cometido um erro, mas era a minha primeira vez sentindo essa paixão avassaladora por alguém. A dúvida me apavorava.

"Tinha que começar por um demônio?" – me repreendi em pensamento.

As horas passavam e Benjamin continuava em reunião com dois homens que nunca vi. Assim que terminou o expediente, evitei olhar para a sala dele enquanto saia.

— Quer carona? – ofereci a Naomi.

— Não precisa. O Luke vai passar aqui e me levar ao cinema.

— Então, nos vemos amanhã.

— Espera! Você resolveu aquele problema com o seu demônio particular?

— Ainda não sei como se resolve aquilo – respondi sem me importar que Benjamin ouviria.

— Já disse que pode ficar comigo o quanto precisar. Essa história de casamento não te fez bem. Se olha no espelho. Está perdendo peso, com um olhar triste, parece doente.

O comentário de Naomi não era algo que eu quisesse que Benjamin escutasse, então menti:

— Relaxa! Estou doente mesmo. Não tem nada a ver com ele. É só uma anemia, mas não vou me descuidar e logo vou voltar a ser a baleia de sempre – com esforço, consegui rir para dar mais credibilidade a minha mentira.

— Te dou dois dias para melhorar ou vou te arrastar até o hospital – Naomi ameaçou.

— Claro, mamãe! O doutor Diniz vai adorar a visita. Só tenha cuidado. Ele é um gato. Você pode querer trocar o seu Luke por ele.

Nessa hora o celular dela vibrou com uma mensagem.

— Por falar nele – começou a ler a mensagem e se levantou para sair.

— Vamos descer juntas – peguei a minha bolsa e caminhei lado a lado com Naomi.

Fui com ela até a portaria e a deixei com Luke, seu namorado do momento. Ele combinava com Naomi, tinham o mesmo estilo. Não me admira que tenham se conhecido em uma loja de roupas. Vi os dois partirem, com seus trajes estilo executivos, e segui para o estacionamento do prédio.

Quando abri a porta do carro, uma mão segurou o meu braço e me puxou para longe do veículo.

— Me solta, Benjamin! Se quer falar comigo basta dizer. Não precisa me arrastar como um homem das cavernas.

Ele parou abruptamente e me soltou.

— Eu realmente não tenho ideia de como agir quando estou com você.

— Tenta evitar a violência. Já vou agradecer.

— Está brincando comigo, não é? Por que não me disse que estava doente? – ele parecia preocupado e irritado.

— É isso? – ri.

— Venha! Vou te levar para casa e providenciar que se livrem dessa doença.

— Minha única doença é você. Se livre dela! – falei mais alto do que pretendia.

— Por que está fazendo isso comigo? Se quer me odiar, me odeie. Se quer me deixar, vá. Mas não se prejudique por um erro meu. Isso eu não posso suportar.

Antes que ele começasse a repetir que fez aquilo para evitar que eu me machucasse, avisei:

— Estou fisicamente bem. E quero te deixar. Como consigo isso?

— Não vou tentar impedir. Pode pegar as suas coisas e sair quando quiser.

— Também vou sair da empresa.

— Isso é desnecessário.

— Sou obrigada a ficar?

— Não, mas não foi contratada por mim. A pessoa que te contratou escolheu você porque acredita no seu trabalho.

— Me liberte, por favor. Eu estou implorando.

Ele não disse nada. Simplesmente se foi. Parecia tão triste que me segurei para não correr atrás dele.

O observei se afastando por algum tempo até que vi seu carro saindo do estacionamento. Ainda fiquei um bom tempo parada, depois segui para o carro e entrei.

Nem tive tempo de ligar a chave. Quando bati a porta, uma mão cobriu o meu rosto com um pano fedorento. Agarrei a mão tentando tirá-la, mas só consegui arranhar a pessoa antes de ceder à inconsciência.

A primeira coisa que ouvi, ao despertar, foi o som de algo que parecia uma festa. Muitos gritos, música irritante e risadas altas.

Abri os olhos e vi um homem deitado em um sofá velho, dormindo tranquilamente.

Era Kennedy.

Olhei ao redor o máximo que pude, diante da minha situação: amordaçada e amarrada a uma cadeira. O lugar parecia um apartamento pós apocalíptico.

Sofá empoeirado e rasgado, moveis caídos, paredes sujas, teias de aranha.

Deve ter passado horas antes de Kennedy despertar, pois a música e o barulho de festa acabaram.

— Estava me olhando dormir? – perguntou com um sorriso irritante.

Não me movi. Prendi a respiração de raiva quando ele se aproximou e beijou a minha testa.

— Bom dia! Espero que a festa não tenha atrapalhado o seu sono, mas pode ficar tranquila que eles só aparecem em alguns finais de semana. Esse lugar é ótimo para festas clandestinas. É um prédio pequeno que foi interditado, mas é cheio de espaço.

Revirei os olhos com vontade de xingar e gritar.

— Desculpe. Mais tarde vou tirar a sua mordaça. Só preciso confirmar que todos já foram e você vai poder usar sua bela voz.

Sem dizer mais nada, ele saiu.

Quando voltou, tirou a minha mordaça e puxou uma cadeira velha se sentando na minha frente.

— Espero que se sinta em casa, vossa majestade – não respondi e ele continuou. — Foi uma surpresa quando descobri que estava casada com o senhor infernal. Fico me perguntando como conseguiu isso. Nem é a mais gostosa das mulheres que ele comeu.

Bufei com raiva demais para discutir com ele. Depois de tudo que passei com o meu pai adotivo e Benjamin, ainda tinha um homem, que eu nem conhecia direito, disposto a me fazer mal.

— Tanto faz quais foram os seus artifícios. Aquele seu marido me fez perder a minha família, o meu emprego e a minha dignidade. Minha mão nunca mais foi a mesma, nem o meu casamento. Ele fez com que a mãe do meu filho descobrisse os meus casos insignificantes e ela me deixou, levando o meu filho para a casa dos pais dela.

— A culpa é só sua – me lembrei que Benjamin tinha sido justo deixando a mulher como funcionária na Art's.

— Pode provocar. Eu ouvi vocês no estacionamento. Pude ter certeza do quanto o seu bem-estar é importante para ele. Vou fazê-lo sofrer e você vai me ajudar.

— Acredito que não ouviu direito.

— Mulheres! São tão idiotas. Não percebem quando tem um homem nas mãos.

— Vai fazer o que? Pedir resgate? Mandar o meu corpo morto?

— Não mandarei o seu corpo. Apenas a sua mão.

Pude sentir meus olhos se arregalando de pavor. E ficou pior quando ele puxou um machado que estava atrás dos restos de um sofá.

Ele sorria. Parecia feliz.

— Criativo, não? Vou fazer com que a pessoa que ele ama tão desesperadamente sofra o mesmo que ele me fez, porém com um pouco mais de sangue e bem mais definitivo.

Cerrei os punhos me sentindo impotente.

— O que foi? Cortaram a sua língua? – provocou.

Fiquei muda. O que poderia dizer? Nunca ouvi falar de pessoas que conseguiam convencer psicopatas a não as machucar. Chorar, implorar, xingar não me salvaria.

Fiquei parada enquanto ele desamarrava uma das minhas mãos e voltava a colocar a mordaça.

Me concentrei, tentando focar no pensamento: "a dor é passageira". Queria, assim, me convencer que por mais que doesse o que aconteceria, em algum momento teria fim.

— Isso vai doer – ele levantou o machado acima da cabeça e o desceu com rapidez e força.

Os meus gritos ficaram presos na mordaça. Com minha visão turva das lágrimas, vi meu braço aleijado e minha mão caída no chão imundo daquele lugar.

Doía muito e saia muito sangue. Por ironia do destino, a dor não foi suficiente para me fazer desmaiar.

Pude assistir de camarote ele pegar a minha mão decepada do chão e levantar, como se fosse um troféu.

Depois de admirá-la por alguns instantes, se virou para mim e disse:

— Relaxa! Vou te levar a um hospital, pois preciso que viva para que meus planos saiam perfeitos.

Finalmente desmaiei.

Consequências

Benjamin

Passei a noite em claro esperando por Eva, mas ela não apareceu.

— Deve querer buscar suas coisas quando eu não estiver – falei sozinho.

Quando cheguei a empresa, no dia seguinte, ela não estava.

"Nem aqui ela quer me ver."

Não passaram nem dez minutos que cheguei, e uma raivosa Naomi entrou na minha sala sem bater e esbravejando:

— O que fez com a minha amiga? Por que ela não atende o celular e não veio trabalhar?

— Que eu saiba ela me abandonou e foi morar com você.

— Mentiroso! Não vejo Eva desde ontem, quando saímos daqui. Se não fazer ela aparecer vou chamar a polícia. Sei muito bem as crueldades que têm feito com ela.

O jeito como Naomi defendia a amiga, sem medo das consequências, foi interessante.

— Não está mentindo, não é? – um alarme começou a tocar na minha cabeça.

Ela me olhou com raiva e dúvida.

— Vamos até a segurança ver as imagens das câmeras – declarei.

Foi o que fizemos. Entrei na sala e ordenei que me deixassem a sós com Naomi.

Buscamos as imagens de quando discuti com Eva no estacionamento. Não gostei muito de como a puxei. Devia ter ficado as marcas dos meus dedos em sua pele. O problema é que gostei menos ainda do que acontecia no carro dela. O miserável do Kennedy aproveitou que a porta estava aberta e se escondeu, esperando por ela. Ele nem fez questão de esconder quem era, da visão das câmeras.

"Foi minha culpa. Deixei que meus sentimentos por Eva me cegassem para o que acontecia ao meu redor."

— O que ele vai fazer com ela? Temos que chamar a polícia – Naomi estava desesperada.

— Ele está buscando vingança pelo que fiz com ele.

— Mas a culpa foi dele por ser um tarado asqueroso. Se perdeu o emprego foi porque mereceu. Será que... Não quero nem pensar.

Nem me surpreendeu que Eva tivesse contado para ela sobre o assédio. Muito menos que ela desconfiasse de uma possível agressão sexual. Ela sabia sobre o pai da amiga, então qualquer homem que a ameaçasse a faria pensar em estupro.

Pensei em pedir ajuda a Lúcifer, mas tinha certeza de que ele iria querer usar isso para ganhar a aposta. Talvez até ajudasse Kennedy, para que Eva fosse obrigada a oferecer a alma em troca de acabar com alguma dor. Por fim, aceitei a sugestão de chamar a polícia.

Estávamos na delegacia quando o meu telefone tocou. E eu soube que era ele.

— O que você fez com ela, desgraçado? – fui logo dizendo.

— Nada que possa te surpreender – a voz do outro lado respondeu.

— Eu vou fazer você sofrer mais que qualquer humano jamais sofreu – rosnei. — Diga onde ela está, seu desgraçado!

Os policiais e Naomi me olharam. Acho que ouvi alguém dizer: *Coloque no viva-voz*. Mas não dei atenção, pois ouvia a outra voz no telefone dizendo:

— Sua empregada acabou de entrar na casa com o presente que preparei especialmente para você. Não sou bom com embrulhos, mas o que vale é a intenção.

Nenhuma palavra que eu usasse para xingá-lo amenizaria a minha dor. Encerrei a ligação e corri para casa; o tempo todo seguido pelos policiais e por Naomi, que tentavam me parar sem sucesso.

Quando cheguei em casa, uma das empregadas veio em minha direção.

— Chegou cedo, senhor. Vamos nos apressar para deixar a casa vazia o mais rápido possível.

— Alguém deixou algo para mim? – perguntei ignorando seus comentários.

— Sim. Uma caixa. Deixei na biblioteca junto com as outras correspondências.

Um policial tentou me segurar, alegando que poderia ser explosivo, mas o empurrei, jogando-o em cima do outro, e entrei.

A caixa me assustava.

Me senti tão humano. Tão perdido.

Foi a primeira vez que fiquei de joelhos desde que Lúcifer foi expulso por Miguel. Claro que tirando as ocasiões em que usava essa posição para dar prazer a Eva. Não tive como evitar. Ao abrir a caixa e ver a delicada mão de Eva, perdi as forças do meu corpo humano.

— Eva! Eva! Eva! Eva! – comecei a chamá-la baixinho até se tornar um grito estridente. Desejei poder chorar para que, nas lágrimas, saísse um pouco da dor.

Não reagi quando um dos policiais tirou a caixa das minhas mãos.

Eles falavam, mas eu não entendia.

Até que Naomi começou a me balançar.

— Seu celular está tocando. Deixe no viva-voz – ela exigiu com a voz embargada pelas lágrimas.

Só cliquei no botão de atender e coloquei no viva-voz, não falei nada.

— Imagino que já tenha recebido o meu presente. Não fique tão desesperado. Eu não sou um assassino. Meu único desejo é que toda vez que a olhar veja que ela foi deformada por sua causa.

— Onde ela está? – ouvir a palavra deformada me desesperou.

— No hospital onde eu fui quando você quebrou a minha mão. Onde mais? – uma risada. — Divirta-se!

Fomos todos ao hospital, levando a caixa com a mão de Eva.

Quando chegamos, os policiais se identificaram e foi explicado a situação.

Foi informado que Eva foi deixada ali por um homem que alegou a ter encontrado no estado em que estava. Ele havia sumido antes que fizessem mais perguntas.

Enquanto ouvia a explicação, eu só queria ver Eva. Quando finalmente me deixaram vê-la, a encontrei inconsciente.

Estava coberta com um lençol até os seios. Afastei o tecido e vi o que Kennedy quis dizer com deformar. Segurei seu braço machucado, quase com reverência, e o aproximei do peito.

A médica, antes de nos deixar a sós, falou:

— Ela vai ficar bem. Vai acordar em poucas horas. Dei um calmante porque estava chorando muito. Chegou aqui com muita dor – depois de um suspiro, completou: — Vocês devem se amar bastante.

— Por que diz isso?

— Vejo em seu olhar o quanto a ama e quando ela chegou, chamava pelo senhor o tempo todo.

As palavras da médica me fizeram sentir um idiota por um dia tentar afastá-la de mim.

"Sinto muito, meu amor."

— Vou ficar ao lado dela até que acorde – disse para a médica.

Fiquei o tempo todo olhando Eva e dizendo o quanto a amava e não deixaria ninguém mais machucá-la. Já sabia que não havia mais como reimplantar a mão sem a ajuda de um anjo.

Passaram horas até ela despertar.

— Olá, dorminhoca! – sorri involuntariamente quando vi seus belos olhos castanhos me encarando.

— Oi. Onde estou? – olhava ao redor tentando se situar.

— No hospital. Como está se sentindo?

— Grogue. Não foi um pesadelo... – ela começou a levantar os braços.

Percebi que queria conferir a mão.

— Não olhe – segurei seus braços, mas seu olhar me fez soltá-los.

Ela esticou os braços e ficou olhando, comparando o que tinha mão e o que não tinha.

Pensei em dizer que podia cuidar daquilo, mas lembrei que ela não aceitava esses tipos de favores e me calei. Faria sim, porém, não informaria, nem pediria permissão.

Tentei desviar sua atenção falando que poderíamos viajar novamente para a cabana. Foi por pouco tempo porque Naomi chegou toda chorosa e as deixei conversando, enquanto procurava a médica para saber quando poderia levá-la para casa.

Poucos dias depois, Eva estava em casa. Eu quase não aparecia na Art's e quando ia ficava ansioso para voltar para casa.

Uma semana após o sequestro, cheguei e Eva estava sentada na frente do piano. Encarava as teclas sem tocá-las.

Ao perceber a minha presença, ela comentou:

— Nunca reparei direito nesse piano, mas agora tenho uma vontade absurda de tocar.

— Sabe tocar? – comecei a massagear seus ombros tensos.

— Sim. Eu amava o som do piano. Mas foi Antony quem me ensinou. Depois que ele passou a me assediar, abandonei esse hobby.

Beijei seu pescoço e a virei para ver o seu rosto. Ela sorria.

— Amo o seu sorriso. Senti falta dele. Mais ainda por saber que fui o culpado por ele se apagar.

— Eu estou agradecida por estar com você. Mal me recordo daquela cena no escritório. As horas que passei com aquele lunático me fizeram entender que, por bem ou por mal, eu te amo. Meu coração, meu corpo e minha alma, tudo em mim é seu. Espero que cuide bem das suas coisas.

— E você? Vai cuidar bem desse anjo caído que está em suas mãos?

— Muito bem. Tanto que vou matar qualquer vagabunda que desejá-lo – sorriu ainda mais.

— Nossa! Quanta violência! Me faz querer que me devore nesse piano.

A expressão dela ficou estranha.

— O que foi? A sua amiga ainda não foi embora? – lembrei que, depois do sequestro, Naomi passava muito tempo com ela.

— Isso na sua camisa é sangue? – ela encarava um ponto perto do meu ombro.

— Droga! – me livrei da camisa rapidamente na esperança que ela mudasse de assunto ao ver-me com o tronco nu.

— Você o matou? – perguntou se referindo a Kennedy.

Minha estratégia não deu certo, então, respondi:

— Ainda não. Esse sangue não é dele – lembrei dos três meliantes que tentaram me assaltar e terminaram com alguns dentes e costelas quebradas. Era como se alguém os tivesse providenciado para eu extravasar a minha raiva enquanto não encontrava Kennedy.

— Ben...

— Não, amor. Por favor, não me peça para poupá-lo. Não me peça para ser qualquer coisa que eu não possa.

— Pode pelo menos me dizer se você está machucado?

Sua preocupação me desarmou, acabei contando uma verdade parcial.

— Estou bem. Esse sangue foi por causa de uma tentativa de assalto – quando vi que os olhos dela se arregalaram, completei: — Não foi nada grave. Tive que me defender.

— Jura que não se machucou?

— Eu juro.

Quando percebemos que eu jurei, acabamos rindo. Era a primeira vez que eu usava a palavra e foi tão natural. Ela já sabia que eu não tinha nada realmente contra jurar ou dizer o nome do Pai, que eu só queria montar um personagem. Meus problemas com o Pai e meus irmãos não tinha nada a ver com simples palavras.

— Sobre Kennedy, quero que o deixe pagar na prisão – pediu, parando de rir de repente.

Balancei a cabeça negativamente. Nem tinha começado com ele. Ainda precisava encontrá-lo para ouvir muitos gritos de agonia.

— Se o levar a justiça do homem, eu finjo que aquela cena no escritório nunca aconteceu – ofertou.

— Ah, sua bruxinha! Isso é jogo sujo.

— Acho que não quer que eu me esqueça – ela me provocou. Sabia o quanto me afetava tê-la magoado naquele dia.

— E toda história de que somos um do outro?

Ela se levantou e ia saindo, mas a segurei.

— Farei como deseja. Agora suba nesse piano e eu é quem irei devorá-la.

— Estou ferida, meu bem. Me suspenda.

Foi o que fiz. A suspendi pelos quadris e a fiz sentar no piano, me posicionando entre as suas pernas.

Quando ia beijá-la, ela segurou o meu rosto com a mão sã e disse:

— Naomi não está mais aqui.

— Mesmo se estivesse não poderia me impedir.

Só a despi o suficiente para penetrá-la. Senti-la me prendendo dentro de si era a sensação do paraíso.

Era delicioso estar dentro dela em qualquer lugar, mas eu preferia a cama onde podia explorar cada parte do seu corpo com liberdade, então, depois de provocar alguns orgasmos e de me derramar dentro dela, a peguei no colo e levei para o quarto.

Era como se eu a descobrisse pela primeira vez. O medo por quase perdê-la me causou essa sensação. Nos amamos até a exaustão.

Logo que ela dormiu, dei início ao meu plano. Fechei os olhos e chamei:

— Samanael apareça.

Ainda de olhos fechados, pude sentir a claridade.

Abri meus olhos e vi o momento em que as asas brancas de Samanael se encolhiam até desaparecer. Ele estava de costas, mas se virou.

Logo que me viu, fez uma careta.

— Cubra-se. Não é porque sou um anjo que sou obrigado a ver isso.

— Tolice! – me levantei, peguei o roupão e me vesti. — Se isso importasse eu não deixaria que chegasse perto da minha mulher nua, mesmo que ela esteja coberta.

— Vamos logo com isso. Sabe que não podemos usar nossos poderes a favor dos caídos. Apesar do que dizem, nosso Pai nunca nos confirmou sobre a missão de Lúcifer no inferno.

— Você é um rebelde, por isso gosto de você.

O observei se aproximar de Eva e passar a mão alguns centímetros sobre ela. Eu sabia o que ele estava fazendo. Era como uma anestesia geral. Eva só despertaria na próxima noite, com fome e sem nenhuma sequela.

Segurei a mão sã dela enquanto a outra crescia novamente no lugar.

Demorou uns quinze minutos.

— Perfeito! – Samanael comentou analisando a mão que nasceu novamente.

— Acabou? – questionei.

— Sim. Precisa de mais alguma coisa desse anjo rebelde? Tenho que voltar antes que Miguel decida me ver como inimigo porque estou aqui.

O nome Miguel me causava irritação.

— Não, Samanael. Fico te devendo.

— Claro que fica! Cobrarei em breve – disse com um sorriso de quem pensava em coisas que poderia pedir.

Assim que ele saiu, fiquei velando o sono de Eva deitado ao seu lado.

— Desculpe, por fazer isso sem te perguntar. Eu não podia correr o risco de você negar. E não quero que seja ferida. De nenhuma forma.

Ela se mexeu e se aconchegou mais ao meu corpo.

— Como posso te amar tanto assim? – sussurrei acariciando os seus cabelos.

Sua respiração foi a música que me fez dormir o mais calmo dos sonos.

Pura Paixão

Eva

Quando acordei, a primeira coisa que ouvi foi o meu estômago reclamando por comida. Abri os olhos exatamente quando a porta se abriu e Naomi entrou com uma bandeja.

— Não sei se estou mais feliz em te ver ou em ver essa bandeja – comentei sorrindo, enquanto sentia o cheio da comida.

— Aposto que a bandeja vence – disse se fingindo de ofendida.

Me sentei e recebi a comida. Foi quando percebi que as minhas duas mãos estavam intactas.

— O que? – encarei minhas mãos como se visse uma miragem.

— Você não me disse que o seu demônio era um anjo caído – Naomi disse com um sorriso de quem sabe mais que os outros ao seu redor.

— O que está acontecendo?

— Hoje de manhã, o seu marido me ligou e pediu que eu viesse. Tivéssemos uma conversa interessante sobre o motivo do casamento de vocês. Quase desmaiei quando vi as asas.

— Eu desmaiei – disse ainda sem entender o motivo pelo qual ele havia contado a verdade para ela.

Ela riu e eu questionei:

— Por que ele fez isso?

— Se fala da mão, ele não podia suportar que ficasse daquele jeito por causa dele. Se fala de me contar a verdade, acho que queria alguém que pudesse aplacar a sua fúria quando descobrisse que te curou sem permissão. Parece que você não é muito fã de curas angelicais.

Dessa vez foi eu quem ri.

— Me faça um favor, liga para aquele demônio e diga para estar em casa às oito. Nem antes nem depois.

— Vou ligar, mas quero saber o motivo.

— Um agradecimento. Pretendo fazer algo por ele.

— Uhmmm! Safadinha.

— Me ajuda. Sabe que não sou tão perfeita na cozinha como você e quero fazer um jantar especial.

— E você será a sobremesa – ela riu.

— Algo assim.

Como os funcionários deixavam a casa antes de Benjamin chegar, quando ele exigia, pedi que se fossem e, com a ajuda de Naomi, preparei um jantar especial para o meu marido.

Enquanto cozinhávamos, contei para ela a verdade sobre tudo o que aconteceu desde o momento em que Benjamin fez a oferta de casamento.

— Ele é o melhor amigo do capeta? – estava entre assustada e empolgada. — E você já encontrou o demo?

Ri muito, antes de responder.

— Não, mas acredito que irei conhecer, afinal a minha alma é o objeto da aposta.

— Se um anjo tem a mesma aparência de homem com asas que imaginei, o demônio também não deve estar longe da minha imaginação. Prepare-se para conhecer um homem vermelho com chifres e dentes afiados.

— Acredito que não seja assim, já que Lúcifer também é um anjo caído. Ele deve ser como Benjamin.

— Eu no seu lugar compraria algumas cruzes.

— Aí, o que seria da minha vida sem você? – brinquei.

— Seria uma bagunça.

Terminamos de cozinhar antes da sete. Ela se despediu dizendo que precisava se arrumar, pois tinha um encontro marcado com Luke.

Quando Naomi saiu, tomei um banho perfumado e me vesti com um vestido leve e sensual.

Benjamin chegou e eu estava sentada no sofá. Ele parou assim que me viu.

Parecia congelado.

Gostei da reação.

Me levantei e fui até ele.

Ele ficou parado. Seguia meus passos com o olhar.

— Fiz um jantar especial para você – comentei depois de começar a tirar o terno dele. — Tome um banho e volte para mim.

Senti que ele queria me levar junto e o empurrei em direção as escadas.

— Tome o banho sozinho.

Depois que voltou, usando apenas um roupão preto, jantamos e fomos para a sala do piano, levando uma garrafa de vinho e duas taças.

Nos sentamos no tapete, ele nos serviu e ficamos algum tempo apenas curtindo o momento.

— Vamos a segunda parte da surpresa – entreguei a taça de vinho a ele, me levantei e me sentei ao piano.

Meus dedos tocavam as teclas quase que com reverencia. A música fluindo com a paixão envolvente que eu sentia sempre que tocava.

Meu corpo, aos poucos, começou a se mover lentamente, com necessidade de se misturar a melodia.

O piano e eu nos transformamos em algo único. Como se nos fundíssemos.

Perdi a noção do tempo e só parei quando Benjamin se curvou, beijando meu pescoço.

— Ben, obrigada por me amar tanto! – disse fechando os olhos por alguns instantes.

— Eu é que preciso agradecer pela sua existência e por trazer a música novamente para a minha vida. Senti falta disso enquanto estávamos brigados.

Com tudo que aconteceu, cheguei a esquecer minha aversão a música do piano e a tristeza que sentia ao ouvir qualquer música, depois da traição. Gostei de saber que ele percebeu e que sentiu falta de algo tão cotidiano quanto meus momentos em reunião comigo mesma.

Simplesmente curvei meu pescoço para trás e o puxei para um beijo.

Como resposta, ele me pegou no colo e começou a subir as escadas. Enquanto andava, eu beijava seu peito abrindo seu roupão.

Devo ter ido longe demais porque ele me colocou nos degraus. Suas mãos fizeram meu vestido deslizar e cair ao chão. Fiquei apenas com a lingerie branca que comprei em um dos meus horários de almoço com Naomi.

Trocávamos beijos tão intensos que nos fazia perder o fôlego. Enquanto nos beijávamos, ele puxou as alças do sutiã, mas não expos meus seios. Era como se a minha expetativa o fizesse sentir prazer.

Atrevida, o empurrei em direção a parede, desamarrei seu roupão e puxei sua cueca. Não havia nenhum pudor em meus atos. Me perdi completamente no desejo. Minha mente era só um emaranhado de vontades sem nenhum nexo.

De joelhos na escada, o chupei com todo o tesão que sentia.

Como amava os seus gemidos. Como amava a forma como ele segurava meus cabelos com força, indeciso se me auxiliava ou se perdia.

Depois de algum tempo, ele me agarrou pelos cabelos e me fez levantar me empurrando até as barras da escada. Suspendendo uma das minhas pernas, me penetrou preenchendo-me por completo. Face a face, refletindo nossos desejos, me perdi em suas estocadas lentas e intensas.

Não havia mais mundo; era apenas Benjamin, a escada e eu.

Terminamos sentados nos degraus, nus, exaustos e mais apaixonados.

Benjamin se levantou de repente, me estendeu a mão e disse:

— Vamos para o quarto. Ainda não estou satisfeito.

— Nem eu – confessei aceitando sua ajuda para me levantar.

Outras coisas de marido

Benjamin

Depois que deixei Naomi cuidando de Eva, fui atrás do maldito Kennedy. Já não atuava mais apenas com a justiça dos homens. Queria a garantia de que Eva estava longe do humano asqueroso, então pensei em pedir ajuda a Lúcifer para fazer o infeliz sofrer a dor que merecia.

Ele apareceu antes que eu o chamasse.

— Esse tipo de ira tem um cheiro que me atrai – declarou ao aparecer sentado no banco do carona. Usava o corpo de uma menina ruiva na casa dos sete anos.

— Me mostre onde ele está e te garanto um espetáculo – dessa vez não comentei sua aparência. Não importava se ele viesse como homem, mulher ou criança, apenas queria que fosse a minha arma contra o homem que machucou o único ser humano que amei.

— Solte o volante. Vamos chegar em quinze minutos – Lúcifer disse, animado com o que viria.

Cruzei os braços deixando que ele guiasse o veículo com seus poderes. Fomos em silêncio até uma construção praticamente abandonada.

— Ele está aqui? Aquele idiota voltou ao lugar onde a feriu, como se não temesse a justiça – fiquei indignado com a burrice de Kennedy.

— Ele teme mais a você, por isso está aqui. Acha que não o procuraria, por ser um local obvio, mas posso sentir o cheiro do seu medo e dos seus crimes.

Sem dizer mais nada, segui Lúcifer até algo parecido com um quarto. Kennedy estava lá e reagiu assim que nos viu.

— O que faz aqui? – segurava um machado como arma e, pelo mau cheiro, parecia não trocar de roupa ou tomar banho desde o sequestro de Eva. — Como me achou?

Como que para comprovar as minhas suspeitas, Lúcifer comentou:

— Esse foi o machado que ele usou para cortar a mão dela. Sinto a agonia que ela sentiu emanando desse objeto.

— Quem é você, menina? Como sabe disso?

— Sou o proprietário do lugar onde a sua alma passara a eternidade. Vamos nos divertir! – abriu suas asas que, diferente das minhas, eram completamente cinzentas. Como se ele estivesse entre os anjos de asas brancas e os caídos de asas negras, ao mesmo tempo.

O homem caiu de joelhos.

— Gostei dele. Já sabe como se comportar e a diversão nem começou.

— Quero que ele passe pela mesma dor que Eva, quantas vezes eu tiver vontade.

— Excelente ideia. Cuide da dor que eu garanto a repetição.

— Por favor, não me mate – Kennedy implorou várias vezes, apavorado com o ser alado a sua frente.

— Vamos começar logo com isso. Esse humano fede e é muito chato – Lúcifer se entediava com facilidade.

Não esperei que sugerisse novamente. Sem amarrar o humano trêmulo, segurei sua mão e a cortei. Era bom sentir o quanto ele lutava para se salvar, sem conseguir se livrar das minhas garras.

Não sei quanto tempo durou. Me perdi na raiva e no ressentimento.

Cortava, com o machado, a mão dele e Lúcifer a fazia retornar intacta.

Eu faria aquilo por dias se Lúcifer não fingisse um bocejo e reclamasse:

— Já estou entediado. Guarda esse brinquedo para outro dia.

Acabei gostando da ideia.

— Vai ser bom para ele a ansiedade na espera pelo próximo encontro.

— O que quer fazer agora? Faz algum tempo que não me divirto com o meu amigo.

— Tem alguém que precisa de uma lição – me lembrei do pai adotivo de Eva.

O sorriso de Lúcifer deixava claro que ele sabia de quem eu falava. Devia estar dentro da minha mente.

— Imagino que esse mereça algo como uma suíte presidencial em meus domínios.

"Merece."

— Eu dirijo – dessa vez eu queria sentir o carro em direção ao destino. Castigar Kennedy me deixou muito disposto.

Saímos em silêncio, deixando o atordoado Kennedy caído em um canto cobrindo a cabeça como se quisesse fazer seu cérebro apagar as últimas horas.

Em poucos minutos, chegamos na casa onde Eva cresceu. No caminho, Lúcifer trocou seu corpo infantil pelo corpo de um homem moreno na casa dos trinta anos.

Toquei a campainha e ficamos esperando até que uma mulher, que reclamava a falta de uma empregada, atendeu.

Como eu queria brincar com eles ao máximo. Meu coração humano até batia mais rápido.

— Pois não? – a mulher de uns cinquenta anos, gorda e loira, abriu a porta visivelmente encantada com a beleza dos homens a sua frente.

— Procuramos os pais da minha esposa – anunciei encarando em seus olhos.

— Esposa? – ela arqueou uma sobrancelha.

— Eva Hughes.

— Entrem. Eu sou Miranda, mãe da Eva – sua expressão mostrava que não sabia se ficava feliz ou preocupada com a revelação.

Eu já sabia que ela tentou entrar em contato com Eva várias vezes usando de chantagens e mentiras. Como não conseguiu nada, desistiu.

Entramos e ela pediu:

— Sentem-se e fiquem à vontade. Vou chamar o meu marido.

"Ele é o maior motivo dessa visita." – pensei ansioso.

Vi o homem, que também aparentava cinquenta anos, entrar na sala. Ele era grisalho, estava fora de forma e tinha um sorriso falso que causava repulsa.

O imaginei encostando aquela barriga nojenta em Eva e quase me precipitei sobre ele encurtando sua vida medíocre.

Ele nos cumprimentou com um sorriso amarelo e começamos um divertido teatro em que o casal fingia amor pela filha adotiva e eu fingia acreditar em suas mentiras.

Enquanto conversávamos, Lúcifer tocou o homem em um gesto inocente, mas que abriu caminho para a alma dele, levando-a até os confins dos seus domínios onde ficavam as piores almas e os piores carcereiros.

Antony não estava mais ali naquela sala. Era só um corpo dominado por Lúcifer.

Não reprimi um sorriso ao perceber, pelo olhar perdido, que o homem já estava aonde queríamos.

Alheia ao que acontecia, Miranda continuava cuspindo mentiras sobre a relação que eles tinham com a filha adotiva.

Fui atrás de Lúcifer. Não podia deixá-lo se divertir sozinho. Toquei em seu ombro em um gesto casual e minha forma verdadeira deixou, parcialmente, o corpo que usava. Não o bastante para Miranda desconfiar. Estávamos divididos entre dois mundos.

Ao aparecer no reino de penitências, encontrei Lúcifer encurralando Antony.

— Onde estou? – a alma do homem perguntou em desespero.

Fiz questão de responder.

— Aqui vai ser o seu lar em poucos meses. Você vai morrer assassinado por um pai furioso que descobriu que engravidou a filha dele. O homem vai te matar e, para não ser incriminado, vai jogar o seu corpo no mar amarrado a pedra que vai impedir que flutue. Depois disso, esse homem vai pedir perdão em uma igreja e continuará a sua vida medíocre. A menina vai perder a criança ao saber sobre a vingança do pai, mas vai perdoá-lo. Vai até amá-lo um pouco mais por ter se arriscado por ela. E eles serão felizes para sempre ao contrário de você.

Apesar de estar no reino de Lúcifer, nossas aparências permaneceram as que usávamos na casa dos pais de Eva; talvez isso acontecesse porque não deixamos os corpos completamente abandonados.

Era bom ter os meus poderes e poder sentir o futuro desgraçado que aquele homem teria.

— O que? Vocês são loucos!

Fizemos nossas asas surgirem, fazendo Antony dar vários passos para trás até cair de bunda no chão.

— Vejo que você é que parece louco se arrastando assim no chão – uma risada saiu de Lúcifer.

— Isso é um pesadelo ou me deram drogas?

— O pesadelo começa agora.

Assim que Lúcifer terminou de falar, apareceram mais três anjos de asas negras, como as minhas.

— Quantas vezes você fez? Quantas crianças feriu? Quantas estão loucas ou mortas por causa dos seus desejos doentios? – os três anjos balançaram as cabeças como se estivessem indignados. Falavam ao mesmo tempo com suas vozes potentes. — Eu realmente não entendo como coisas como você podem ser imagem e semelhança Dele.

— Esse teatro todo para me prender – Antony riu. Certamente imaginava que ninguém tinha provas para condená-lo por estupro ou pedofilia, que o que estava acontecendo era apenas uma armadilha para fazê-lo confessar seus delitos. — Quero um advogado.

— Nós não julgamos, apenas condenamos de acordo com nossos termos. E a sua pena é sentir na alma exatamente o que cada criança sentiu. Peça perdão, mas garantirei que ninguém vai te ouvir. Se arrependa e garanto que será pior. Não está aqui pelos seus pecados. Seu único erro foi escolher quem não devia para molestar – decretei.

E começou.

Enquanto os carcereiros tratavam de castigar Antony com os mais variados instrumentos de tortura, Lúcifer sugeriu:

— O que acha de pipoca e poltronas confortáveis?

— Tipo o cinema dos humanos?! Gostei.

Ele fez aparecer as coisas que sugeriu e, sentados em nossas poltronas, assistimos, durante horas, o tormento de Antony nas mãos daqueles anjos.

Quando finalmente voltamos a sala, a mulher continuava falando sobre como era uma boa mãe na época que Eva frequentava o colégio. Não tinha se passado nem um minuto para ela enquanto para nós foram horas, inclusive para Antony que levantou desesperado e gritando:

— O que está acontecendo?

— O que foi, querido? – a mulher se assustou com a atitude do marido.

— Eles são demônios! Demônios com asas! – nos apontava gritando.

Olhamos para Miranda como se disséssemos com a expressão: Seu marido é louco?

— Desculpem. Meu marido tomou um remédio e deve ter misturado com álcool. Com licença.

Ela arrastou o atordoado marido para um canto e fez um sermão de como ele estava acabando com a chance de fazerem parte de uma família com poder aquisitivo inimaginável, também o culpou pela partida de Eva e o ameaçou dizendo que o deixaria fora de seus planos de voltar para a vida da filha adotiva.

Antony ainda tentava explicar que foi torturado por monstros, mas isso só aumentava a ira da mulher.

— Quando foi isso seu idiota? – rosnou.

— Depois que eles chegaram me transportaram para o inferno. Eu sei que aquilo era o inferno – insistia.

— Não fale mais bobagens! Fique longe das visitas!

— Como se eu quisesse ficar perto dessas aberrações? – resmungando, ele sumiu por uma porta que ficava no fundo da sala.

A mulher voltou pedindo desculpas por seu marido, dizendo que ele passou mal e não podia mais ficar entre nós. Não ficamos mais na casa. Informamos que estávamos com pressa e saímos sem explicações.

Já fora da casa, Lúcifer comentou:

— Ele deve enlouquecer com medo de dormir e voltar ao *inferno*. Seus últimos dias serão em um hospício e, em breve, vai estar realmente longe de sua carcaça humana, como você viu enquanto estava com seus poderes. Acho que alteramos a forma como ele morre. Não será mais assassinato, será suicídio.

Não me importei com a mudança.

— Qual o destino dela?

— Você não vai gostar – riu, deixando transparecer a resposta em sua expressão humana.

— Não acredito que essa cadela vai passar a eternidade no paraíso!? – minha indignação estava presente em cada letra que saiu da minha boca.

— Ela vai se arrepender. Você sabe o que isso significa.

— Outra chance – resmunguei, indignado que alguém que incentiva a violência contra pessoas indefesas tivesse a chance de compensar seus pecados em outra vida.

Foram as minhas últimas palavras, até que chegamos ao carro e Lúcifer desapareceu dizendo que tinha um compromisso com alguns recém-chegados aos seus domínios.

Eu apenas dirigi para casa, pensando em todas as injustiças que presenciei em minha existência como anjo e no corpo desse humano.

Quando cheguei em casa, Eva estava deitada na banheira cheia de espuma ouvindo música de olhos fechados. Como eu amava cenas assim.

— Se eu puder te encontrar assim toda vez que chego nessa casa, estarei sempre ansioso para chegar.

— Quer falar sobre o que fez hoje? – ela perguntou sem abrir os olhos.

— É como se você já soubesse – lembrei das várias ligações perdidas dela, que vi enquanto dirigia de volta para casa.

— Desde o primeiro momento em que te vi, eu soube que era vingativo. Não vou te julgar, mas se não quiser falar também, fique tranquilo que não é algo pelo qual irei perder o meu sono.

— Prefiro que não saiba – não havia motivo para me gabar, com ela, sobre as atrocidades que fiz nas últimas horas. Principalmente a parte que envolvia o seu pai adotivo. Ele nunca tinha conseguido fazer com ela o que fez com outras crianças, então ela não precisava saber que assisti-lo ser violado foi a minha diversão da noite. Algo me dizia que ela não se sentiria vingada, apenas sofreria por saber as coisas que o pai adotivo fez. E poderia até ter medo de mim.

Alheia aos meus pensamentos, Eva se levantou e vestiu um roupão, indo direto para a cama, onde se sentou apoiada na cabeceira e estendeu as mãos me convidando para conhecer uma sensação indescritível.

Aceitei o seu convite e me deitei com a cabeça em seu colo.

Ela permaneceu acariciando os meus cabelos por um longo tempo em completo silêncio. Tudo que eu ouvia era nossas respirações cadenciadas e as batidas dos nossos corações.

Sem saber como descrever o que sentia naquele momento, simplesmente disse:

— Eu te amo.

Eva não respondeu. Continuou sentindo a música que vinha do aparelho no banheiro e transmitindo seu amor através dos dedos em meus cabelos, até me fazer dormir.

A esposa do chefe

Benjamin

Passaram-se várias semanas antes que Eva pudesse voltar a empresa. Precisávamos de tempo para sustentar a mentira sobre uma prótese que colocaram no lugar da sua mão. Ela usaria luvas sempre que estivesse entre seus colegas de trabalho.

Havia o risco de pedirem para ver a prótese, por isso a convenci a contar sobre o nosso casamento. Era provável que passassem a tratá-la com mais reserva se todos soubessem que ela era a esposa do chefe.

Como eu já esperava, a teimosa Eva não quis. Alegou que apenas em último caso revelaria. Eu não quis discutir. Depois de tudo que fiz e que deixei que fizessem com ela, não podia me dar ao luxo de exigir nada.

Cheguei na empresa e passei pelos funcionários sem dizer uma palavra, como sempre fazia. Nenhum deles me importava, exceto a que ficava em seu canto e nem se atrevia a dizer bom dia; minha esposa.

Poucos minutos depois, recebi um artista que trouxe várias fotos dos seus trabalhos. Tratava-se de pinturas que retratavam artistas tatuadores e suas obras que eram espetaculares.

Enquanto decidia quais obras iria adquirir, comecei a prestar atenção em uma conversa entre Eva e a minha secretária.

O tom de voz da secretária estava elevado, como se ela quisesse chamar a atenção dos outros funcionários e a minha.

Ela reclamava que Eva não fazia mais o trabalho e que se envolvia com os funcionários só para conseguir favores, enquanto Eva tentava se afastar sem parecer grossa.

Não aguentei e sai da sala para acabar com a festa da secretária irritante. Abri a porta exatamente quando ela segurou o braço 'machucado' de Eva, fazendo o café, que Eva segurava, derramar em sua mão.

Esperei para ver a reação da secretária e a ouvi dizer:

— Por que jogou esse café em mim? Está querendo usar o problema na sua mão para me ferir?

— O que? Não fiz isso de propósito – Eva estava indignada.

Nenhuma das duas percebeu a minha presença.

— Você está com raiva porque Benjamin prefere a mim – a secretária afirmou, entre chorosa e debochada.

— Eu ainda não sei do que está falando – Eva parecia se controlar para não rir.

— Não se faça de sonsa! Todos aqui já sabem que você está usando um tal de Serafim para chegar até o chefe. É esse Serafim que te banca, não é? Nós o vimos aqui.

Nos últimos dias, eu estava tão focado em Eva que nem notei que as fofocas na Art's chegavam a incluir Rafael.

— Está passando dos limites, garota! – pela primeira vez, Eva levantou o tom de voz.

— O que está acontecendo aqui? – decidi acabar com a cena.

Elas se viraram em minha direção.

Yara foi a primeira a falar.

— A Eva me queimou com café quando eu disse para ela parar de assediá-lo, senhor Graham – mentiu.

Vi Eva abrir a boca para retrucar, mas decidi interrompê-la. Também queria participar do pequeno showzinho de mentiras.

— Você quer que eu a demita? – perguntei olhando propositalmente para Yara.

Ela se assustou um pouco com a minha atitude, mas sorriu se sentindo vitoriosa.

— Todos merecemos uma segunda chance. Acho que uma advertência seria mais que suficiente.

Era a resposta que eu queria. A resposta que me fez sorrir e dizer:

— Não perguntei para você – pisquei para ela antes de me virar para Eva e cobrar: — Responda a minha pergunta.

— Todos merecemos uma segunda chance. Acho que uma advertência seria mais que suficiente – ela repetiu as palavras da secretária.

Não pude deixar de rir. Minha Eva sempre surpreendia. Apesar de boa, não era ingênua.

Já que estavam todos olhando e curiosos sobre o desfecho daquela cena, decidi colocar algumas revelações no show:

— E cadê a sua aliança? Falei para usá-la o tempo todo. Se me escutasse, evitaria certos espetáculos.

— Eu tirei para tomar banho e acho que esqueci em casa – ela respondeu simplesmente. Devia estar com muita raiva da secretária, pois entrou no meu jogo.

— Assim vai me fazer duvidar da sua fidelidade, senhora Graham – toquei seu queixo para dar ênfase a cena.

O ohhh! que se seguiu foi quase um coro ensaiado.

— Vou usar sempre, prometo – segurou a mão que estava em seu rosto e levou aos lábios, beijando com suavidade.

— Assim espero. Vou voltar para a minha sala porque o artista ficou esperando. Decido seu castigo em casa.

Voltei para a sala e a deixei no meio dos lobos curiosos.

"Agora todos aqui sabem que você é minha, senhorita Hughes."

Diante dos acontecimentos, convenci Eva a ir e voltar do trabalho comigo. Se era possessividade, não importa. Enquanto ela me permitisse sufocá-la de amor, o faria. Só ela poderia me dizer até onde eu poderia ir.

No dia seguinte a cena com a secretária, praticamente todos os funcionários vieram até nós, quando chegamos, para dizer o quanto estavam tristes com o sequestro e felizes com o casamento.

A deixei entre eles antes que demitisse todos em que sentisse falsidade.

Depois de algumas horas trabalhando, ouvi Naomi dizer para ela:

— Devia sorrir menos ou vou acreditar que o seu casamento por conveniência é mais sexo sem controle do que qualquer outra coisa.

— Shiiii! Você sabe que ele pode ouvir. Volte para a sua mesa e vamos conversar por mensagens.

Naomi riu. E antes que ela se fosse, mandei uma mensagem no celular de Eva.

A mensagem dizia: "Eu quero ouvir."

Dessa vez foi Eva quem riu e disse, enquanto mostrava a mensagem à amiga:

— Olha só o que você fez!

— Agora que quero detalhes. Me chama no chat neste instante.

Pelo vidro da sala, vi Naomi voltando rapidamente ao seu lugar.

Passei o tempo todo tentando imaginar o que elas conversaram. Já era quase hora de encerrar o expediente quando recebi um e-mail de Eva.

Curioso, o abri e encontrei os prints da conversa delas.

A primeira a falar foi Naomi. A mensagem dizia: "Estou esperando."

A resposta me excitou ao extremo. Nunca palavras escritas tiveram efeito tão devastador. Eva havia respondido:

"Confesso. Virei praticamente uma devassa. Basta ele me olhar que já quero tirar a sua roupa. Não me importa se na cama, no banheiro, no piano, na escada, ... em todo lugar, o desejo. E quando não estou com ele fantasio e me toco pensando nele. Você quis saber, agora administra."

"Estou passada, mas já esperava. (risos)"

"Você me conhece tão bem!"

"E você a mim. Agora me fala como ele é. Estou curiosa."

"Demoníaco. Perverso. Delicioso. Sem nenhum pudor."

Me segurei para não levantar e arrastar Eva até a minha sala. Em casa ela pagaria por me deixar tão excitado.

"Que inveja! O Luke é tão normal e lerdo. Dá para contar nos dedos as vezes em que transamos desde que começamos a namorar."

"É uma situação diferente porque vocês não vivem na mesma casa."

"Pode ser. Talvez ele esteja esperando eu tomar a iniciativa. Acho que está na hora de ser demoníaca com ele."

"Use aquela fantasia de diabinha que você comprou."

"Ótima ideia. Ei, você nunca me contou sobre a sua fantasia de anjo. Ele gostou?"

"No início pareceu que não, mas foi apenas impressão minha. A fantasia deu super certo."

"Se ele pudesse ouvir nossos pensamentos estaria subindo pelas paredes. (risos)"

"Vou mandar essa conversa para ele quando estiver perto da hora de irmos. Quem sabe não descubro se é bom fazer amor no carro?"

"Estou engasgando para não rir. Mas fico muito feliz em te ver feliz. Aproveite cada momento."

"Você também. Quero saber mais sobre esse seu namoro. Quero mais sorrisos de satisfação sexual."

"Depois te conto. Acabei de receber um e-mail de um trabalho urgente aqui."

O resto da conversa foi apenas a despedida delas.

Assim que terminei de ler, não aguentei; fiz o bloqueio na tela do computador e peguei meu terno e a chave do carro.

Parei ao lado da mesa de Eva e disse:

— Vamos embora!

Ela simplesmente pegou suas coisas e me seguiu. Sabia o porquê da minha pressa em chegar ao carro e sair da empresa.

Enquanto saiamos, ela se virou para Naomi, que respondeu ao seu sorriso com uma piscadela.

Sonhos estranhos

Eva

Depois de ler a minha conversa com Naomi, Benjamin ficou viciado em transar no carro. Sempre que chegávamos em casa era como se ele lembrasse da conversa e, antes de descer, me envolvia em caricias que nos levava a consumação do prazer.

Nossa vida de casados seguia normalmen

te. Às vezes eu até esquecia que ele era um anjo caído e que fazíamos parte de um rolo estranho sobre uma aposta entre o rei do inferno e um arcanjo. Éramos como um casal normal.

Só que essa sensação não durou muito. Certa noite, depois de fazer amor com Benjamin, me aconcheguei em seus braços para dormir.

Assim que fechei os olhos, foi como se eu despertasse em um universo paralelo. Senti alguém me balançar e, quando abri os olhos, me assustei ao ver que Serafim estava na minha frente ninando um bebê.

— Desculpe tirá-la do descanso, amor. Ele acordou e parece faminto – Serafim sorria com a criança no colo.

— Me dê ele – estendi as mãos. Não havia mais Benjamin na cama ou em minha vida.

Eu conhecia aquele bebê e a cena não era estranha. Eu estava na minha casa com meu marido e meu filho de um mês de vida. Benjamin parecia apenas um sonho distante.

Uma emoção envolveu o meu corpo ao sentir a criança em meus braços. Seus olhinhos me hipnotizavam. Uma lágrima desceu pelo meu rosto, mas Serafim a secou com o polegar e beijou a minha testa.

— Você é a mãe mais linda que já vi. E eu sou o homem mais feliz do universo por ter o seu amor.

— Eu te amo. Amo você e esse lindo presente que me deu – respondi sorrindo e acariciando o rostinho do bebê.

Ficamos em silêncio enquanto eu amamentava. Acabei adormecendo no sonho e acordando ao lado de Benjamin, com uma estranha sensação de vazio. Ainda podia ver o olhar do bebê como se estivesse tatuado em minhas retinas.

Abracei forte Benjamin e voltei a dormir. Dessa vez não houve sonhos.

No dia seguinte, eu ainda estava com a sensação de vazio que a lembrança do sonho provocou.

Enquanto tomava café da manhã com Benjamin, me distrai lembrando do sonho e nem ouvi o que ele falava comigo, até que senti sua mão apertando a minha.

— Você está estranha. Algo te incomoda? – perguntou quando o encarei.

— Eu tive um sonho esquisito. Está difícil de esquecer, apesar de não ter nada a ver com os meus anseios reais.

— Quer falar sobre isso?

Não queria falar com ele que estava sonhando com bebês e que me sentia vazia. Isso poderia fazer com que pensasse que eu queria filhos e estava mentindo ao dizer que não queria, porque ele não podia me dar.

Decidi que resolveria sozinha e respondi:

— É bobagem. Sugiro que gastemos esse tempo, antes de ir para empresa, em outras coisas.

Ele sorriu ao entender que eu estava usando sexo para mudar de assunto.

— Aceito a sua sugestão. Desde que garanta que está bem e que vai me dizer se precisar de ajuda em qualquer coisa.

— Garanto e direi.

— Então, depois desse café podemos voltar para o quarto. Agora que todos já sabem que não podem mexer com a mulher do chefe, posso te fazer chegar atrasada sempre.

— Nem vem! Não quero que fiquem me olhando torto ou fofocando que estou abusando por sermos casados.

— Querida, eles vão fazer isso mesmo que você seja a primeira a chegar na empresa todos os dias.

— Pior que você está certo – acabei rindo. — Vão comentar até da minha respiração.

— Isso significa que vai se atrasar comigo?

— Sim, senhor Benjamin Graham!

Eu sabia o efeito que causava quando o chamava assim. Então, não foi surpresa quando ele me fez levantar, me pegou no colo e subiu as escadas enumerando as coisas que faria comigo antes de irmos trabalhar.

O caído é marcado

Lúcifer

Sabe aqueles momentos em que tudo parece um tedio sem fim? Eu estava passando por um desses furacões. Estranhamente o ano mortal não parecia um minuto como em outras ocasiões. Talvez porque eu estivesse esperando o resultado da aposta e me descuidei de outras diversões. Talvez porque Benjamin parecia muito envolvido e eu precisava decidir se isso era bom ou ruim.

Para aplacar o meu tédio, acabei indo parar entre os humanos, mais especificamente na empresa de Benjamin.

Antes, passei em uma sessão de fotos para usar um corpo humano que chamasse a minha atenção. Optei por um coreano alto e em forma que tirava fotos de terno.

Como estava em um nível de tédio elevado, achei mais interessante não usar o corpo dele como casca, decidi usá-lo como molde. Com barro fiz o corpo e dei a ele a minha essência. Não poder gerar vida não era um empecilho nesse momento, pois só precisava do corpo.

Com meu corpo novo e vestido para atrair, entrei na Art's.

Enquanto andava, observando as coisas, pensei: "Mesmo sem saber quem sou, eles parecem temer."

Mal acabei meu pensamento e uma bela fêmea de pele clara, cabelos loiros e cumpridos, rosto de menina e olhos verdes expressivos parou na minha frente questionando:

— Posso ajudá-lo? Qual é o seu nome? – havia um sorriso em sua boca convidativa.

A olhei dos pés à cabeça me demorando em suas curvas suaves, evidentes no vestido social.

"Queria mesmo era saber como seria beijar esses lábios e senti-lo em um membro que se interessou muito por você."

— Lucien – menti sorrindo diante dos pensamentos interessantes.

— Não é, mas tudo bem. Não é como se eu realmente precisasse saber – ela comentou de uma forma tão natural que senti dor física, tamanho desejo que sua ousadia provocou. Ela, alheia aos meus desejos, continuou falando. — Se estiver esperando por alguém pode ficar mais à vontade na sala de espera do segundo andar. E se precisar de algo não hesite em me chamar ou a recepcionista.

— Você é bem diferente dos outros humanos que conheci – o jeito como ela insistia em me olhar nos olhos me desarmava.

— Talvez eu possa ver o que os outros não podem – brincou.

Comecei a suspeitar de que ela soubesse quem eu era. Tratei de mudar o rumo da conversa:

— Então está disposta a fazer o que eu pedir?

Ela me olhou como se entendesse o duplo sentido das minhas palavras, mas antes que pudesse responder, uma voz começou a dizer:

— Luc...

— Isso mesmo. Seu amigo Lucien veio te ver, já que não se dá o trabalho de me visitar – o interrompi. Ainda não queria que a humana soubesse que menti. Talvez depois de sentir os lábios dela em todos os lugares em que imaginei.

Benjamin arqueou uma sobrancelha. E eu continuei falando para que entendesse o meu teatro.

— Acabei de me apresentar para essa senhorita gentil e atenciosa. Se todos os seus funcionários forem como ela está muito bem, meu amigo.

— Obrigada! – a garota que respondeu ao comentário.

— Vamos até a minha sala – Benjamin sugeriu. Nesse momento, percebi que fiquei tão atordoado com a beleza da mulher que esqueci que podia ter só usado a mente e pedido a ele para não falar o meu nome. Me senti um tolo.

Antes que saíssemos, a garota foi até a outra que estava ao lado de Benjamin.

— Seu marido vai conversar com o amigo, pode conversar com a sua amiga?

Elas se despediram e saímos para lados opostos.

Entrei na sala e Benjamin me ofereceu uma bebida antes de fazer a pergunta que eu já esperava.

— Lucien?

— Foi uma brincadeira. Eu estava entediado. Você sabe o quanto às vezes a imortalidade é chata. Até criei esse corpo sob medida. O que achou?

— Combina com você.

— Foi o que pensei. Vou usá-lo quando quiser ser visto por humanos, assim não preciso pegar emprestado.

— É uma ideia interessante. Quando estiver em posse dos meus poderes acho que farei um usando esse como molde.

— Eu vim em busca de algo que me devolva a animação ... – ia dizer que a funcionária dele me pareceu uma ótima opção, mas ele me interrompeu.

Começou a falar sobre opções para se divertir no mundo humano e eu deixei a conversa ir por esse rumo. Enquanto conversávamos eu ouvia o papo da garota chamada Naomi com a amiga Eva.

A Eva questionou:

"O que foi, Naomi? Parece que viu um fantasma."

"Eu só preciso saber se trair em pensamento também é ruim."

"Volta do mundo da lua e me explica isso, mas veja lá. Sabe que tem gente aqui que pode ouvir tudo."

"Seu anjo deve estar ocupado com o amigo para prestar atenção nas minhas bobagens. Por falar nisso, você conhece aquele amigo?"

"Nunca vi ou ouvi falar. O único amigo que sei que Benjamin tem é o próprio capeta. Acho que negligenciei esse aspecto. Vou perguntar um pouco mais sobre ele."

"Esse que apareceu não está longe de ser um demônio. Só falta o chifre, os dentes afiados e a pele vermelha."

Não pude deixar de rir ao ouvir sua descrição.

— Qual o motivo da graça? – Benjamin perguntou, apesar de ter uma ideia do que me fez rir. Os pensamentos dele não me eram segredo.

— Os humanos, como sempre – respondi automaticamente e fiquei atento ao ouvir Eva questionar a amiga:

"Ai, meu Deus! Vai me dizer o que está acontecendo?"

"Nada. Só que a sua amiga estava comendo o amigo do seu marido com os olhos."

"Ele era tão bonito assim? Nem notei."

"Ou está mentindo para um tal anjo caído não ouvir ou o amor te deixou cega. Ele é o homem mais lindo que já apareceu nessa terra. Sempre soube que os deuses da beleza viriam da Ásia."

"Então é isso! A sua tara por asiáticos."

"Você é meio que culpada por isso. Se não me chamasse de Anime talvez eu não fosse assim."

"Duvido. Me recordo muito bem dos seus gostos desde o primeiro momento que a vi."

Ao ouvir o pensamento de Eva sobre o quanto a amiga gostava de *Hentai*,[1] meu corpo entrou em alerta.

As ouvi rindo e Eva acabou com as dúvidas da amiga ao dizer:

"Você tem o direito de achar outros homens bonitos. Não fique achando que Luke não olha para outras mulheres."

"É. Deve ser normal. Desculpe a paranoia."

Ela disse e riu novamente. Seu riso era um som lindo.

Benjamin ficou calado. Foi quando percebi que me distrai ouvindo a conversa das amigas.

---

1 No ocidente a palavra "hentai" se refere a desenhos (geralmente de origem oriental, animes/mangás/etc) pornográficos. Neste caso pode-se dizer que é o mesmo que "pornografia", só que em desenho, possuindo como diferencial uma maior variedade de gêneros e, por ser desenho, não ter absolutamente nenhuma limitação de enredo ou, dependendo do país, necessidade de se preocupar com leis.

— O que você está fazendo? – ele questionou sem deixar de me encarar.

— Nada de mais.

— Conheço essa expressão, seja qual for a forma que você use. Isso significa que já achou algo para fazer, mas se for o que estou pensando, pode esquecer. Encontre outro brinquedo. Se você fizer algo contra aquela mulher, Eva nunca vai me perdoar.

— Ela tem quantos anos? Seu jeitinho de ninfeta me atrai bastante – ignorei suas palavras.

— E desde quando se interessa por crianças?

Apenas com um olhar, dei a resposta que ele merecia. Queria que soubesse que me ofendeu ao me comparar com os humanos sujos que curtiam pedofilia. Se era pecado e levava os humanos a ruína, também era abominado por mim.

— Esqueça o que eu disse. Ela tem vinte e quatro anos. É um pouco mais velha que Eva – respondeu envergonhado.

Decidi não me abalar com o seu comentário fora de hora. Foquei no que a garota, que descobri se chamar Naomi, conversou com a amiga.

— Eu sempre evitei contato com humanos, mas estou tão entediado que preciso de algo que nunca fiz, então vou experimentar o sexo. Quero saber se é tudo isso que dizem.

— Eu te apresento outras opções; mulheres mais bonitas e sexys. Devia experimentar gêmeas. Foi uma das minhas melhores experiências.

— Naomi - repeti o nome dela saboreando cada letra. — Ela é interessante. Vai ser com ela.

— Posso pelos menos pedir que não faça nada que possa...

Eu já sabia o que ele pediria, então interrompi:

— O mundo não gira em torno de você ou da sua esposa.

Benjamin riu.

— Qual o motivo do sorriso? – estranhei porque, pelo que percebi, ele sempre se irritava com qualquer comentário sobre a mulher.

— Sinto que você vai cair em sua própria armadilha. Vou te dar um conselho que não me pediu: se não quiser ser o escravo de uma humana, guarde qualquer possibilidade de sentimento. Eu também vi em Eva um brinquedo divertido e olha em que me transformei.

Benjamin estava transtornado pela possibilidade de se indispor com Eva. Ao ponto de nem perceber que estava revelando algo que eu supostamente não devia saber. Ele estava apaixonado de verdade pelo objeto da aposta.

Achei a revelação divertida, por isso não reclamei. Foquei no assunto da conversa; Naomi.

— Eu não sou você – respondi simplesmente.

— Veremos! – riu novamente.

— Agora que já tenho um objetivo, me despeço.

— Por favor, use a porta. Não estou a fim de comentários sobre o visitante que desapareceu na minha sala.

— Como queira – ao sair da sala, não vi Naomi. E, um pouco rebelde, desapareci da empresa antes que o elevador chegasse ao térreo. Benjamin falou para eu não sumir da sala, não disse nada sobre o elevador.

A visita do arcanjo

Eva

Abri a porta do banheiro e dei de cara com um homem estranho sentado na cama que eu dividia com Benjamin. Era um homem alto de cabelo platinado e olhos da mesma cor.

— Então você é a famosa Eva? – ele falou me analisando da cabeça aos pés.

Não me senti incomodada com o seu olhar. Era como se ele não sentisse nada e me olhasse como a um objeto qualquer.

Antes que eu pudesse responder, fui hipnotizada pelas belíssimas asas brancas que surgiram em suas costas.

"Outro anjo!" Depois que Benjamin entrou em minha vida passei a ver muitos deles. Para mim, encontrar com Benjamin e Serafim já era demais.

— Entendo porque não encontra a voz. Minha presença causa essa reação nos humanos.

— Quem é você? – perguntei. No fundo queria saber mesmo onde ele encontrou um corpo humano com aquela aparência tão peculiar.

— Que grosseria! Deveria ter me apresentado. Sou Miguel.

— O arcanjo! – disse admirada.

Ele me olhava com uma expressão que não deixava ver se possuía algum tipo de sentimento.

— Fui informado que você já sabe sobre a aposta entre Lúcifer e eu.

— Essa aposta você está ganhando – a raiva por ser tratada como brinquedo por eles me fez ser grossa.

— Você sabe o que vai acontecer com seu namoradinho quando eu ganhar? – pela primeira vez uma expressão apareceu na face dele e a expressão foi de tédio.

— Como assim? – me senti ameaçada.

— Aposto que ele disse que vai ficar tudo bem, mas você é inteligente. Sabe que Lúcifer vai culpá-lo porque o designou para o trabalho de te corromper e ele é quem foi corrompido.

— Até parece que você quer perder.

— Não ligo em perder ou ganhar. Não somos como vocês humanos. Milhares de anos são como horas. Eu sou um arcanjo. É quase impossível para mim buscar vitória em cima do sofrimento de outros.

— Então não devia ter apostado – acho que ele tinha o poder de me obrigar a dizer o que sentia sem filtros porque eu não conseguia medir as palavras.

— Você é uma criança bastante atrevida. Posso imaginar porque Benjamin se apaixonou.

"Você causa isso em mim." - pensei em dizer, mas dessa vez me controlei. E soube que ele não estava me controlando. Era a minha indignação que ditava os meus atos.

Ele completou:

— Minha parte era alertá-la. Já fiz – disse e desapareceu como se nunca tivesse aparecido.

— Você é tão cruel quanto Lúcifer! – gritei para o quarto vazio.

Fiquei parada tentando entender o motivo daquela visita. Por que ele viria até a mim apenas para alertar que haveria consequências para Benjamin? Não fazia sentido. O prazo ainda não havia acabado, então seu aviso poderia me fazer desistir da minha alma por amor. Eu realmente não entendia o que aquele arcanjo queria.

Depois de receber a nada agradável visita de um arcanjo, tudo que eu queria era abraçar, beijar e amar Benjamin com toda força do meu ser.

A minha alma era dele e não do céu ou do inferno.

Como que adivinhando o quanto era desejado, ele me enviou uma mensagem que dizia: *Venha até o escritório.*

Como sempre, a mensagem não explicava o motivo, o nível de pressa que ele tinha, nada; apenas uma ordem que devia ser seguida.

A diferença é que essa ordem eu queria cumprir sem reclamar.

Depois de pegar o carro, que ele me fazia usar quando não podia sair comigo, segui cheia de ansiedade. Queria saber o que ele estava aprontando no escritório em pleno fim de semana, depois de sair de casa dizendo que iria resolver algumas coisas e já voltava.

Encontrei o lugar com todas as luzes acesas, como se os funcionários ainda estivessem trabalhando a todo vapor. Mas não havia ninguém, além de Benjamin que, visto através do vidro, parecia distraído em sua mesa.

Levada pelo costume, bati na porta antes de entrar.

Ele me olhou sorrindo depois que entrei.

— Você invade a minha existência bagunçando tudo e não consegue entrar nessa sala sem bater. Que peculiar!

— Hábito.

— Se aproxime. Parece uma presa assustada.

Fiz o que pediu e me assustei mesmo quando ele me agarrou pela cintura fazendo com que me sentasse na mesa.

— Isso me traz más lembranças – comentei recordando que, muitos dias atrás, outra mulher estava com ele nessa mesma sala.

— Eu disse que iria sumir com elas. Se não quer que seja com o poder de um anjo vou substitui-las com recordações nossas.

Talvez eu devesse ficar chateada ao entender quais eram suas intenções, mas tudo que consegui sentir foi ansiedade em tê-lo dentro de mim.

— Faça o seu melhor! – coloquei as mãos na cintura encarando-o com um olhar de desafio.

— Ainda não. Quero te fazer uma pergunta antes.

— Alguma coisa errada? – meu olhar de desafio se transformou em uma expressão de apreensão.

— Vamos descobrir. Quero saber se o que disse para a sua amiga naquelas mensagens é verdade ou se só queria me provocar.

Ao entender que o motivo daquilo tudo ainda era a conversa que enviei para ele, acabei rindo antes de responder:

— Naomi é a minha melhor amiga, mas ainda assim tem algumas coisas que tenho vergonha de contar para ela. Aquilo que falei naquelas mensagens não chega nem perto de tudo que sinto ou penso.

— Atiçou ainda mais a minha curiosidade.

— Não seja cruel. Não me faça dizer.

— Esqueceu que sou demoníaco? Diga. Quero ouvir cada detalhe de como mexo com você.

Para provar que não estava brincando, ele passou a língua sensualmente em meu pescoço e perguntou:

— O que a minha língua te faz sentir?

Só de ouvir a pergunta, meu corpo entrou em desespero. Louco para sentir o que a minha imaginação prometia.

— A forma como me chupa me faz perder o pudor – ri um pouco nervosa. – — Teve uma vez em que assisti um filme pornô e me vi em uma daquelas mulheres.

— Quer fazer um filme comigo? – mordeu meu ombro.

— Se continuar me mordendo assim, faço o que quiser.

— Por enquanto, quero que diga o que sente quando estou dentro de você.

— Talvez fique irritado com a palavra que vou usar, mas me sinto no paraíso.

— Estou muito longe de irritado – suas mãos já se desfaziam das minhas roupas. — Estou imaginando um quadro onde a pintura descreveria seu corpo nu em uma sala de escritório.

— Eu ficaria com frio nessa pintura.

— Não se houvesse um anjo de asas negras cobrindo seu corpo para evitar olhos curiosos.

— E o anjo estaria apenas me cobrindo?

— Ele sim, mas eu não. Enquanto na pintura seu corpo é ocultado, diante dos meus olhos quero cada parte dele exposta e quero cobri-lo e preencher com o meu.

— Acabaria com o clima se eu implorasse para você...

Ele me beijou, calando-me. E aquele momento chegou; o momento em que palavras eram substituídas por gemidos e gritos de prazer.

A verdade sobre os sonhos

Eva

Na segunda-feira, a minha cabeça já estava meio bagunçada. Não bastasse a visita do arcanjo ainda havia aquele sonho estranho que se repetia toda noite.

Como Naomi já sabia da história completa, a convidei para ir almoçar bem longe da empresa onde eu pretendia contar o que me incomodava, sem o risco de Benjamin ouvir.

— Confessa logo o que não queria que o seu *anjo delícia* ouvisse – foi cobrando logo que sentamos com nossas bandejas.

— Estou tendo uns sonhos estranhos. É o mesmo sonho toda noite.

Ela colocou parte da salada na boca e ficou esperando. Contei o sonho rapidamente e esperei o seu diagnóstico.

— Você mudou de ideia sobre ter filhos depois que descobriu que Benjamin não pode te dar?

— Não. Quer dizer, não sei. Eu nem pensava em gravidez antes desse sonho começar, agora para todo lado que olho aparece uma mulher grávida ou crianças.

— Eu acho... – fez uma pausa. — Posso estar doida, mas toda essa história é maluca mesmo.

— Fala, mulher! Eu é que estou enlouquecendo.

— Você me disse que Serafim também é um anjo e que foi incumbido de evitar que Benjamin ganhe.

— Você acha que Serafim está provocando esses sonhos? – questionei, já sabendo a resposta.

— Suspeito.

As palavras de Naomi faziam sentido. A única explicação para aqueles sonhos era o dedo de algum anjo e só podia ser Serafim.

— Não sei o que faria sem você – confessei emocionada por ter uma amiga tão maravilhosa.

— Provavelmente estaria perdida por aí – brincou antes de sugerir. — Ainda temos muito tempo de almoço. Ligue para ele e pergunte.

— Como? Quer que eu chegue nele e diga: Serafim, você está tentando me enlouquecer?

— Exatamente. Ligue para ele e o chame para conversar aqui. Vou me sentar naquela mesa e ouvir tudo.

Acabei aceitando a sugestão de Naomi. E assim que encerrei a ligação, ela se mudou para a mesa próxima.

Não demorou para Serafim chegar. Quando o vi vindo em minha direção, me levantei ansiosa. Os sentimentos do sonho vinham com ele.

Ele sorriu, foi quando tive certeza de que estava usando seus poderes para mexer com os meus sentimentos.

Me sentei novamente.

— O que queria me dizer? – ele foi logo perguntando. Parecia ter dificuldade em olhar em meus olhos.

— Queria te fazer uma pergunta – decidi ir direto ao ponto e acabar logo com a angústia que estava me consumindo.

— Faça. Prometo que serei sincero em minha resposta – mesmo que sua voz soasse firme, ele ainda não conseguia me olhar direito.

— Se eu escolhesse ficar com você, nós poderíamos ter filhos? – fiz a pergunta de um modo diferente do que pretendia.

Ele finalmente me olhou.

— Não sabia que gostava de crianças. Mas pensando bem é difícil encontrar uma mulher que não sonhe em ser mãe – parecia certo de uma vitória.

Tive raiva do sorriso mal contido naquele rosto.

— Você não me respondeu.

— Por você eu abriria mão da imortalidade e seria completo em dor e amor. Sendo assim, poderia dar-lhe todos os filhos que desejar.

— Não quer saber o motivo da minha pergunta?

— Torço para que seja porque está começando a me ver como uma opção. Eva, eu sou capaz de qualquer coisa por você – se mostrou desesperado.

Por causa dos sentimentos que os sonhos provocavam em mim, tive vontade de abraçá-lo e dizer que ficaríamos juntos para sempre.

— Por mais que eu esteja com raiva de você nesse momento ainda quero conservar a sua amizade. Não faça mais isso – antes que ele pudesse abrir a boca para dizer qualquer coisa, completei: — Eu nunca desejei filhos. E o que estou sentindo agora é quase uma obsessão. Se continuar tendo esses sonhos, vou precisar pedir ajuda a Benjamin antes que eu acabe parando em um hospício.

— Mentirosa! Está se privando da possibilidade de ser mãe por causa dele.

Ele nem tentou negar que era responsável pelos sonhos.

— Nunca desejei isso. Vou te contar algo que guardo em meu coração: eu não gosto desse mundo, não suporto a ideia de ser culpada por trazer uma pessoa a um lugar onde um idiota qualquer pode acabar com a vida dela por motivos insignificantes – ele olhou para a minha mão como se quisesse tocá-la para transmitir algum conforto. Pareceu ter entendido. — Serafim, se está ao meu lado realmente porque gosta, por favor aceite a minha amizade, é tudo que posso oferecer. Mas se estiver ao meu lado apenas para garantir a maldita aposta, se afaste.

— Já disse e vou repetir quantas vezes forem necessárias: eu te amo.

— Estou com medo do que o seu amor significa. Só espero que não continue com truques, pois me magoaria profundamente. Não se manda no amor. Não se escolhe quem ama ou quando ama. Se fosse assim você jamais amaria alguém que está apaixonado por outro e eu jamais amaria aquele que foi designado para colher a minha alma.

Serafim abaixou a cabeça como se as minhas palavras realmente o afetassem.

Foi quando decidi partir, acompanhada de Naomi que se levantou ao me ver saindo.

Nas noites seguintes, não houve mais sonhos envolvendo crianças.

Marcado

A minha existência parecia cada vez mais entediante. Por sorte existia uma Naomi para me divertir. Eu ainda não tinha forçado uma aproximação. Gostava apenas de observar e imaginar o que poderia fazer com ela. Costumava passear por seu apartamento de decoração nada comum. O lugar era muito parecido com a dona. Havia móveis de cores berrantes e pinturas abstratas. Além de muitos objetos relacionados a cultura asiática de várias épocas, inclusive atuais.

Poderia ficar dias apenas observando, mas algo aconteceu.

Eu estava em seu quarto, observando suas atividades antes de dormir e pensando em como ela reagiria se pudesse me ver ali. Depois de sair do banheiro, ela vestiu uma camisola lilás minúscula.

Me aproximei e senti o seu cheiro. Seu corpo cheirava a amêndoas enquanto dos seus lábios exalavam menta. Como nas outras noites em que a observei, ela colocou um som para ajudá-la a dormir. Dessa vez foi o barulho de chuva batendo em um telhado. Houve noites em que colocou sons de gaita indiana, sons de ondas do mar e sons de água corrente de rios.

Ela se deitou, se cobriu com um cobertor vermelho macio e fechou os olhos.

Se passaram poucos minutos antes que começasse a se mexer e afastar o cobertor.

Eu não tinha planos de fazer nada, mas seu corpo ficou apenas coberto pela minúscula camisola. Um mantra começou a se repetir em minha mente: "eu quero transar com Naomi. Eu quero transar com Naomi." Claro que a voz que repetia esse mantra era minha.

Sem perceber, comecei a tocá-la sem permitir que despertasse completamente.

Da minha mente saiam frases que era pura obsessão.

"Eu queria ser o seu primeiro. Queria ser o seu primeiro em corpo e alma."

Enquanto a tocava, sem tirar sua camisola, eu repetia: "Não acorde apenas por esta noite ou acorde se não gostar do que está acontecendo."

Eu repetia, mas era mentira, pois não pretendia permitir que despertasse. Não enquanto ouvisse gemidos tão deliciosos. Não enquanto sentisse seu corpo serpenteante.

Minha mente se perdia em uma confusão de prazer e depravação que o cheiro de Naomi causava.

Entrei em sua mente e, se isso fosse possível, me perdi ainda mais. Ela dizia coisas deliciosas em seus pensamentos delirantes, implorava por Lucien, implorava por mim.

"Isso que estou fazendo é errado? É ser pervertida?" – ela começava a se questionar, mas logo se entregava a pensamentos mais apaixonados.

"Continue fazendo isso, por favor. Oh, é tão gostoso!"

"Estou ficando tão quente."

"Será que meus gritos são reais? E se eu pedir para que continue fazendo mais, ele ouvirá? Posso comandar esse delírio com meus pensamentos?"

Ela podia sim. Podia me controlar completamente. Tudo que passava pela sua cabeça eu reproduzia. O resultado era uma Naomi se contorcendo cada vez mais descontrolada na cama.

"Minha cabeça está tão leve."

"Eu não consigo pensar em nada além do prazer que sinto."

"Isso é gostoso demais! Está deixando a minha cabeça uma bagunça."

Ela continuava pensando coisas cada vez mais eróticas.

Nem percebi quando perdi o contato com seus pensamentos. Eu nunca tinha experimentado uma humana antes. Não esperava que a experiência seria tão arrebatadora.

Por um momento, quis me apoderar do corpo que criei apenas para me sentir dentro dela, mas me contentei em dar prazer até seu corpo se derramar em êxtase. Depois disso, a deixei dormir e segui para os meus domínios.

Na noite seguinte, só voltei para vê-la como nas primeiras vezes. Não tinha intenção de repetir o que fiz na noite anterior. Pelo menos foi o que me dizia, pois quando terminei, me senti um estuprador e me arrependi do que fiz a Naomi por causa do meu egoísmo e da minha libido. Decidi só me aproximar com o seu consentimento. Era o que pretendia desde o começo.

O problema é que ela chamou por mim. Estava acordada e nua sobre a cama quando disse: "Espero sonhar com você novamente, Lucien".

Foi quando abandonei a culpa e a ajudei a dormir.

Naomi criou essa oportunidade para mim. Esse fato sobrepujou a minha mente.

Dessa vez, mesmo sem o meu corpo humano, não demorei a penetrá-la. Havia um sentimento em mim que exigia que ela me conhecesse como eu era, mesmo que não pudesse me ver. Queria que ela sentisse o verdadeiro Lúcifer; o ser de luz que a consumia e era consumido.

"Eu posso. É o que ela quer que eu faça." – olhando Naomi e penetrando-a, o sentimento de depravação e prazer cresciam.

"Isso é tão gostoso!"

O interior da humana em meus braços era como uma prisão da qual eu não queria sair. Minhas asas eram como paredes que nos faziam os únicos seres do universo.

Naomi se entregava ao seu "sonho", aproveitando cada sensação até ser envolvida por ondas de prazer tão intensas que deixaram seu corpo lânguido.

Como eu não podia ter orgasmos na minha forma real, a deixei dormir completamente e assumi a minha forma humana para me deitar ao seu lado. Passei aquela noite inteira imóvel, observando-a dormir.

Fiquei no apartamento até a hora em que ela saiu para trabalhar e ouvi quando disse, ao abrir a porta:

— Estou ficando maluca, mas espero te encontrar novamente essa noite – falou olhando para onde eu estava como se pudesse me ver e saiu sorrindo.

Traições

Lúcifer

Depois que comecei a visitar Naomi tudo me parecia motivo para festa. E as coisas tendiam a ficar ainda melhores; soube disso ao receber uma visita inesperada.

— Ora, ora! Um dos bonzinhos veio me visitar — dei uma volta em torno de Rafael observando suas reações. Quando ouvi que ele queria entrar em meus domínios, fiquei curioso sobre o motivo.

— Tenho uma proposta para te fazer — respondeu com a voz firme de quem estava disposto a qualquer coisa para conseguir o que queria.

— Estou ouvindo.

— Sabia que o seu amigo o está traindo? Que se apaixonou pelo objeto da aposta?

Sua revelação me surpreendeu. Já esperava que Benjamin estivesse apaixonado pela humana escolhida depois de suas reações em nossos encontros, mas não esperava que Rafael o denunciasse.

— Acho que ele não é o único traindo — disfarcei o quanto fiquei surpreso. — Miguel sabe sobre essa visita?

— Vai acabar sabendo, mas não ligo. Estou disposto a me aliar a você desde que não faça nada quando conseguir a alma de Eva.

— Que surpresa! Benjamin não foi o único que caiu de amores por aquela mortal.

— Isso não é problema seu. Estarei à disposição para te ajudar a vencer, basta que me garanta que ela estará segura.

— Torturar almas humanas não me diverte mais. Meu interesse nessa aposta era ver Miguel no meu território e persegui-lo pelo curto tempo combinado.

— Então temos um trato? – questionou atrevidamente.

— Claro! Gosto do seu atrevimento. E vou adorar ver Miguel perder por causa de um aliado dele – acabei sorrindo com a cena que imaginei. — Agora vá!

Sem dizer mais nada, ele desapareceu.

Empolgado com o rumo que a aposta seguia, me sentei em meu trono e projetei os próximos passos de Rafael.

Ele parecia realmente empenhado em afastar Eva de Benjamin.

Disposto a deixar tudo mais interessante, decidi visitar Benjamin e a moeda da aposta. Mas antes, mesmo sem querer, me vi indo a passos lentos em direção a casa de Naomi. Usava o meu corpo humano, porém de forma que as pessoas não pudessem me ver.

Ouvi um homem moreno e magro demais falar o nome de Naomi ao telefone. Ele estava encostado em um carro.

O analisei e dei uma volta em suas lembranças.

"Então, esse é o tal Luke?!"

Não gostei nada das lembranças em que ele e Naomi transavam e gostei menos ainda das em que ele a traia com qualquer mulher que abrisse as pernas.

Pensei em ir até ele e encurtar sua vida medíocre ou levá-lo até os meus domínios por alguns instantes, mas tive uma ideia melhor ao ver o olhar de lasciva do humano em direção a uma mulher de roupas provocantes.

Essa atitude atiçou em mim o desejo de ver até onde ele podia ir.

Aticei a mulher e ela veio até ele.

— Estava me olhando? – perguntou toda insinuante.

— Desculpe, sua beleza prendeu a minha atenção – ele olhava para os peitos dela sem tentar disfarçar.

— Você é muito bonito para ser solteiro. Deve ter uma namorada ou uma esposa. Isso é uma pena.

— Engano seu. Ainda estou em busca do amor.

— Acharia estranho se eu dissesse que adoraria ficar um pouco mais à vontade contigo?

— Só se você achar estranho eu te convidar para uma volta no meu carro – ao dizer isso, ele já abriu a porta para o banco de trás e enviou uma mensagem para a namorada dizendo que se atrasaria.

Isso significava que não pretendia dar uma volta. Queria comer ela ali mesmo.

A conversa deles me dava nojo.

Está certo que eu sussurrei a sugestão para ela, mas não fiz nada em relação a ele.

Desviei o olhar deles e acabei me distraindo com um telão onde mostrava um pastor falando sobre doações.

"A sua cama está pronta" – pisquei para a tela. Tinha um lugar reservado para aquele pastor corrupto em meus domínios.

Quando finalmente decidi olhar para o casal, vi que eles estavam se pegando no carro do rapaz sem nenhum pudor. Ele devia estar aproveitando que o estacionamento estava deserto, pois nem fechou a janela do carro. Aproveitava mesmo, pois até esqueceu que era o prédio da namorada.

Enquanto pensava em como usar a traição ao meu favor, abri minhas asas e levitei até o teto do carro. Permanecia invisível aos olhos humanos; logo a mulher que vinha em direção ao carro não me viu, mas ela viu o casal que já estava conectado e semi nus.

A tristeza em seu olhar me doeu tanto que minhas asas se encolheram.

Pensei em intervir quando ela levou a mão até a porta do carro e a abriu.

— Naomi?! – o imbecil do Luke parecia realmente surpreso.

— Eu só queria ter certeza de que era você e que estava me traindo – sem dizer mais nada ou esperar o traidor guardar o pênis, ela se foi.

Não dei mais atenção aos dois no carro. Não sei se voltaram ao que estavam fazendo ou se separaram. Tudo que eu queria fazer era seguir Naomi e foi o que fiz. Imagino que o imbecil foi embora por saber que sua atitude não tinha perdão.

Era quase meia noite quando Naomi pegou a bolsa e decidiu sair.

A segui, invisível o tempo todo, e percebi que entrou em um bar e se sentou sozinha no balcão. Fiquei só observando, até que um homem chegou nela com uma cantada ridícula.

— Oi! – ele cumprimentou se sentando ao seu lado.

— Olá! – ela mau o olhou e voltou a atenção a sua bebida.

— Estou com uma coisa entalada na minha garganta, posso te dizer?

— Diga.

— Que tal se você me chamar de capeta e deixar eu te possuir?

Ela riu e me questionei se cairia na cantada barata e ofensiva.

— Você sai ou prefere que eu saia? – respondeu levando o copo até perto dos lábios.

— Não entendi.

— A resposta é não. Entendeu agora?

Ele saiu resmungando e entrou no banheiro. Eu o segui e brinquei de saco de pancadas com ele. Mas foi por pouco tempo porque queria voltar para Naomi.

Depois de lavar o sangue das mãos, permiti ao meu corpo que se tornasse visível, me aproximei e sentei onde o homem estava antes. Dessa vez Naomi não se virou. Deve ter ficado incomodada com a conversa anterior.

Resolvi chamar a atenção dela.

— Bebendo sozinha? Isso significa que quer esquecer algo, não comemorar.

Ela pareceu tentar buscar reconhecer a minha voz e se virou para me ver.

— Eu sinto como se estivesse caminhando em direção a uma armadilha. E não posso fazer nada para evitar – disse me encarando.

Sua resposta me assustou um pouco. Era como se ela soubesse o que fiz.

— Quer a companhia de um estranho? Garanto que consigo te fazer sorrir em menos de uma hora comigo.

— Não acho que seja um estranho.

— Que bom! Pensei que acharia isso por só termos nos encontrado uma vez.

— Não acho que seja bom – parecia perdida em pensamentos.

— Agora está me confundindo.

— Posso aproveitar a justificativa da minha embriagues para dizer que não te acho um estranho, porque te vejo em meus sonhos toda noite desde a primeira vez que te vi na Art's.

A sua confissão mexeu comigo, fazendo com que eu a desejasse ainda mais.

— Espero que sejam sonhos bons. De preferência eróticos.

— Acertou – disse sem expressar nenhuma emoção no rosto.

O azar dela é que eu sabia o que se passava em sua mente. Sabia que ela queria viver tudo aquilo na pele, que queria me ver enquanto me sentia preenchendo-a com o meu desejo.

— Espera! Está bebendo para esquecer esses sonhos? – entrei no seu jogo. Se ela queria um motivo para nos envolvermos, teria.

— Bebo porque estou confusa sobre os meus sentimentos. Eu acabei de pegar o meu namorado em um carro transando com uma mulher que nunca vi. Mas o que mais me incomoda é a sensação de que não foi tão ruim.

— Como assim? Acha que traição não é grave o bastante para terminar o namoro?

— Da minha janela, eu vi o carro dele no estacionamento quando disse por mensagem que se atrasaria. No fundo achei que faria algum tipo de surpresa e, como sou curiosa, desci para encontrá-lo. Foi realmente uma surpresa. – comentou recordando o momento.

Permaneci em silêncio, à espera da sua resposta que veio em seguida:

— Traição é motivo suficiente para terminar qualquer tipo de relacionamento. E deixaria qualquer pessoa arrasada.

— Então me explique essa sua sensação.

— Se eu soubesse explicar não estaria aqui.

— Tente. Eu sou um bom entendedor.

Ela passou uma mão no cabelo e bebeu um gole da sua bebida colorida antes de dizer:

— Eu estou pensando que devia estar em casa sonhando – riu. — Houve até uma vez que o dispensei para ir embora dormir. Estou achando que eu iniciei esse jogo de traições. De uma forma muito estranha, devo dizer.

— Quer saber? Pare de pensar sobre isso. Que tal algumas partidas de sinuca e assuntos banais para nos distrair? Se não souber jogar, te ensino.

Ela me deixou ensiná-la a jogar, mas percebi que foi teatro quando deu a primeira tacada; derrubou cinco bolas antes me passar a jogada.

Quis perguntar por que mentiu. Queria saber se estava brincando comigo ou se queria me sentir enquanto segurávamos o taco juntos.

Já amanhecia quando saímos do bar.

Levei Naomi até a casa dela.

— Tenha bons sonhos! – desejei assim que ela abriu a porta.

Ela me olhou segurando a maçaneta.

— Por que parece chateado?

— Achei que você beberia até ficar embriagada para eu te levar para a sua casa e te convencer a transar comigo. Não fui bem sucedido nesse plano – confessei sabendo que era isso que ela queria.

O som da risada dela era o mais lindo dos sons.

— Eu achei que seria melhor transar sóbria – respondeu ao meu comentário, ainda sorridente.

— Isso é um convite? – perguntei já passando por ela e entrando no apartamento.

— Agora que não estou mais traindo alguém, gostaria de saber como é de verdade o que está presente em meus sonhos e delírios.

Mesmo me sentindo culpado, tirei sua mão da maçaneta, fechei a porta e me vi esmagando-a em um beijo avassalador.

"Então esse é o gosto dos lábios dela provados com permissão." A culpa foi substituída por um desejo incontrolável.

— Me chupa – exigi. Se não sentisse seus lábios em meu membro enlouqueceria.

Estávamos encostados na porta do seu apartamento, pelo lado de dentro.

— Isso foi repentino – ela me encarou.

Esperei que me esbofeteasse e me colocasse para fora, mas ela completou:

— Ainda assim, é o que quero fazer.

Sorrindo, ela se ajoelhou e me mostrou o que era prazer.

Pudor era uma palavra que não cabia no cenário. Naomi se entregava completamente me chupando como se fosse a coisa mais gostosa que ela já provou. Por um instante, me questionei se ela era assim com todos os seus amantes. O ciúme me fez segurar seu cabelo com força.

A empurrei até o sofá azul de dois lugares e a puxei sobre mim, desabotoando sua blusa e brincando com seus seios bem feitos.

Ela serpenteava sobre mim enquanto eu alternava entre lamber seus seios, sua barriga e beijar seus deliciosos lábios.

Foi difícil parar de chupar seus seios. Mas parei para brincar com a parte mais sensível do seu corpo. Era gostoso ouvir seus gemidos enquanto brincava com os dedos dentro da sua calcinha.

Aproveitei que ela curvou todo o corpo para trás e a puxei colocando suas pernas em meus ombros para chupá-la. Era uma posição estranhamente sensual.

Enquanto a minha língua brincava com o seu ponto mais sensível, passei a acreditar que os humanos tinham algo que os anjos deveriam desejar; a paixão.

Ela estava enlouquecendo e isso me fazia querer continuar ali, porém havia algo que eu queria mais, estar dentro dela. Tentei virá-la, mas desajeitados, acabamos caindo no tapete macio. Ali mesmo, nos desfizemos das roupas e a penetrei lenta e completamente. Com ela de joelhos, eu a penetrava por trás e a tocava arrancando gemidos cada vez mais altos. Talvez tão altos quanto os meus.

A beijava e mordia seu pescoço. Tão perdido estava que quase deixei minhas asas aparecerem.

Eu queria tudo de Naomi. Queria ser tudo para ela. Senti-la tremendo em meus braços era a sensação do êxtase.

Não parei depois que ela alcançou o orgasmo. Eu queria gozar dentro dela como humano desde a primeira noite e estava decidido a fazer isso.

Ainda de joelhos a ajudei a se virar e ficar frente a frente comigo, com as pernas ao redor da minha cintura. Foi assim que me derramei em seu corpo pela primeira vez.

Eu tinha mesmo que me desconectar de Naomi? Não queria, nunca mais.

Como que sentindo que eu não queria me afastar, Naomi me beijou e acabamos deitados no tapete frente a frente, nos olhando.

Era interessante a forma como ela se envergonhava por ser encarada. Seu sorriso acanhado criava pequenas covinhas no seu rosto.

— Posso fazer uma pergunta esquisita?

Ela balançou a cabeça para dizer sim.

— Qual prefere? A minha versão do sonho ou essa ao seu lado?

— É a mesma coisa que tentar dizer quem veio primeiro, se o ovo ou a galinha – brincou.

— Foi a galinha. Quando O Todo Poderoso criou os animais não começou por ovos e sim pelo casal galinha e galo.

— Gostei dessa teoria – ela riu por um instante antes de me encarar com intensidade. — Seria bom se eu pudesse sempre ter aqueles sonhos e pudesse acordar e repetir o que fizemos essa manhã. Isso responde a sua pergunta?

— Acho que sim. Vou guardar a minha interpretação.

— Tem uma coisa que prefiro em você real. Quando estou sonhando com você não posso ouvir nada dos sons indecentes que escutei hoje. Só ouço a minha voz e é como se fosse apenas pensamentos. Gosto muito dos seus gemidos – assim que terminou de falar, cobriu o rosto com as mãos, sorrindo acanhada.

— Então vou gemer para você – a abracei.

Ela tirou as mãos do rosto e olhou para o teto por alguns instantes antes de voltar a me encarar.

— Acho que vão me expulsar daqui ainda hoje – comentou tocando o meu peito com as pontas dos dedos.

— Por que? – estranhei a completa mudança de assunto.

— Justamente por causa do barulho obsceno. Eu devo ter bebido mais do que imaginei porque nunca fui tão espontânea. Meus gritos devem ter alcançado os bairros vizinhos.

"Você é tão linda!"

— Aposto que ninguém ouviu. E se ouviu estarão com inveja demais para reclamar – a apertei em um abraço. — Quer fazer mais barulho?

— Acho que você não é humano, mas eu quero – riu e se desfez do abraço, me montando e beijando o meu pescoço.

Naquela manhã, fiquei com ela até que dormisse em meus braços. Só depois que dormiu foi que a levei para a cama e fiquei velando o seu sono.

Fui incapaz de perguntar se ela se lembrava da primeira noite em que "sonhou" comigo, mas eu não seria capaz de esquecer nenhum momento em que estive com ela.

Estava quase anoitecendo. Eu sabia que era hora de partir. A brincadeira terminava ali. Mas não consegui. O rosto de Naomi, sua respiração, tudo nela era como correntes me prendendo aquela cama.

Recordei as palavras de Benjamin me avisando sobre a possibilidade de cair em minha própria armadilha.

"É impossível!" "Ela é só uma humana."

Com esses pensamentos, me afastei da cama sem acordá-la e sai quase correndo do apartamento. Antes mesmo de chegar na rua, me transportei para o meu reino. Tudo em mim era confusão; sentimentos que nunca experimentei.

Algo estava muito errado comigo.

Dois lados do mesmo sentimento

Lado de Lúcifer

Os dias que se passaram, depois que estive com Naomi, foram uma mistura de desespero, saudade, culpa e um monte de sentimentos confusos.

Não tive coragem de voltar nem na forma humana nem na minha forma real, que ela conhecera nos sonhos.

Ela foi a minha primeira humana. E era a minha primeira vez sentindo culpa. Algo em mim dizia que o que fiz com ela durante aquelas noites era estupro. Eu agi como as almas que fui designado a castigar. E ainda assim não conseguia parar.

Ela estava apenas aceitando a minha luxúria, nada além disso. Talvez eu a estivesse influenciando mesmo sem tentar.

Não era isso que eu desejava.

Todavia, eu nunca pude esquecer sobre a sensação suave de uma Naomi totalmente entregue na primeira noite, então estuprei ela novamente; essa era a realidade. Todas as noites.

Naomi me esperava como quem espera alimento quando se está faminto. E eu a usava, sem defesa alguma, como uma ferramenta de auto prazer. Fazia isso de novo e de novo.

Quando a manhã chegava, ela agia normalmente e não contava a ninguém, nem mesmo a sua melhor amiga. Isso devia ser um indício de que algo estava errado.

Depois da primeira vez, passei a ansiar pela noite, passei a desejar experimentá-la como humano quase que com desespero.

A oportunidade surgiu. Eu a fiz surgir.

Quando finalmente a senti com sua permissão, foi perfeito.

Houve um momento em que a culpa me fez lembrar das noites em que a visitava, mas ela me recebia todo, então não havia culpa que me parasse. O desejo era muito maior que qualquer outro sentimento.

Claro que quase a deixei na casa dela e voltei para a minha solidão por causa da confissão dela sobre os sonhos. Quis perguntar: *Por que está me dizendo isso? Naomi, em que você está pensando?* Só não o fiz porque sabia o que ela estava pensando. Seus pensamentos gritavam o quanto ela me queria.

Algo de errado aconteceu dentro de mim naquela manhã, enquanto me derramava dentro dela. Senti como se eu tivesse um coração e ele estivesse sendo rasgado implacavelmente.

Fazia duas semanas desde que estuprei Naomi dormindo pela primeira vez. Fazia alguns dias desde o encontro depois do bar.

Enquanto estive com ela em carne e osso, e acordados, me pareceu que ela sabia que aquelas noites não eram frutos de sonhos. Quando confessou que sonhava comigo era como se eu ouvisse "eu sei o que você faz, seu tarado." Por isso decidi parar.

E me transformei em um ser confuso.

Há algo de errado comigo. Passei a me preocupar com Naomi. Comecei a acreditar que ela seria a minha garota para sempre.

Esses sentimentos me incomodavam, por isso tentei não vê-la para evitar tais sensações.

No fim, não consegui mais fugir e voltei ao seu apartamento em minha forma que era invisível aos seus olhos.

O que vi me fez me sentir como o último dos seres. Ela estava sentada na cama com um pijama que cobria todo o seu corpo. Isso não foi o que me incomodou. O pior era que ela estava com uma bíblia aberta na mão e chorava enquanto fazia uma oração pedindo para eu nunca mais aparecer em seus sonhos.

Sai do apartamento sem rumo. Sabia que nosso relacionamento não seria mais o mesmo quando ela descobrisse quem eu era, porém não esperava tal reação.

Será que ela descobriu quem sou? A resposta era sim. Só isso justificava aquela reação. Sequer tive coragem de acessar os seus pensamentos.

"Sinto muito, mas não posso mais escapar. Estou ciente de que o mal do amor se apossou de todo o meu ser. Se você não pode me suportar pelo menos irei protegê-la."

Foi ali que acabou os míseros momentos onde tomei como certo que estaríamos juntos para sempre.

Agora devo apenas parar e fingir que nunca aconteceu. Devo apagar a minha existência da mente dela. Devo me dar por satisfeito se puder garantir que o homem que ela amar seja digno dela.

Eu não sei mais o que pensar ou como agir. Estou com medo até de dormir. O mais irônico é que passei vários dias desejando que a noite chegasse mais rápido.

Tudo isso é culpa de Lucien, o misterioso homem que me desestabilizou.

Tudo começou como um mero pensamento caprichoso. Eu desejei tê-lo em sonhos já que não podia trair Luke. Nunca acreditei que aconteceria de verdade, mas ele realmente me possuiu em sonho.

Foi tão bom que acordei super disposta. Não contei para ninguém, nem mesmo para Eva, mas acho que as pessoas notavam na minha expressão o quanto a noite foi prazerosa.

Quando a noite chegou, eu novamente desejei que Lucien viesse e dessa vez decidi dormir nua, pois queria sentir mais dele.

E ele veio.

As noites em que estava sozinha se tornaram meus momentos favoritos, tanto que cheguei a mentir para Luke para não dormimos juntos em algumas noites.

Eu estava tão alegre que perdi a chance de contar a verdade a ele. Também nem sabia como dizer que o estava traindo em sonho. Era possível que ele risse e me achasse louca.

Passei várias noites entregue ao prazer sentindo um Lucien imaginário que sempre surgia começando pelos meus pés e ia subindo, tocando cada parte do meu corpo até me penetrar intensamente. Eu o sentia mesmo sem saber identificar se o que me preenchia era sólido ou líquido. Também não podia vê-lo realmente; eram apenas sensações.

Lucien vinha fazer a mesma coisa todas as noites. Eu não sabia se estava dormindo e sonhando ou acordada e imaginando.

Por mais que tentasse, não conseguia abrir os olhos. Ficava me perguntando: *Que tipo de expressão ele está fazendo agora?*

Era um pouco desconfortável ser incapaz de ver o que está acontecendo, mas também era excitante.

O dia em que peguei Luke me traindo nem consegui ficar tão magoada. Só pensava que ao dormir sentiria Lucien tocar todo o meu corpo, me penetrar e se movimentar dentro de mim até me fazer gozar e finalmente encontrar a completa inconsciência do sono.

Quando ele apareceu de verdade naquele bar e eu o senti, vi e ouvi; foi perfeito.

Jamais esperei que fosse nossa última noite.

Ele sumiu antes que eu despertasse e eu não tinha o seu contato. Teria que esperar ele aparecer.

O problema é que ele não apareceu, nem mesmo em sonho. E assim se passou dias.

Comecei a acreditar que ele sumiu depois de conseguir transar comigo de verdade, mas isso não explicava os sonhos.

Por que? Por que não volta mais?

Eu não sabia mais como agir. Tive que me masturbar, pensando nele, todas as noites para conseguir dormir.

Eu não conseguia parar. Se não o fizesse, passava a noite inteira em claro.

Foi assim por vários dias.

Quando decidi acreditar que foi tudo um sonho que inventei por causa da traição de Luke, aconteceu.

Naquela noite, o senti tocando o meu corpo, porém algo estava diferente. Me senti desconfortável e assustada. Como das outras vezes, eu estava entre acordada e dormindo. Porém, ele estava mais agressivo que das outras vezes.

Meu coração acelerou quando percebi que podia abrir os olhos.

Foi horrível. A forma monstruosa que estava sobre mim em nada se parecia com Lucien. Dessa vez foi tão feio, tão ruim.

Tentei escapar rezando para despertar daquele pesadelo. Por um instante, sumiu a sensação e a imagem, mas foi só uma ilusão, como se eu tivesse despertado. Não passou de uma ilusão.

Era como se meus olhos forçassem para fechar e me levar a essa semiconsciência. Por várias vezes, implorei para meus olhos não se fecharem. Eu acordava, mas meus olhos insistiam em se fechar. Pedi a Deus força para me livrar daquilo e consegui me levantar e ler um capítulo da bíblia, esperando que o ato espantasse o pesadelo.

Um pouco menos assustada, voltei para a cama, mas quando os meus olhos novamente se fecharam aqueles lábios monstruosos envolveram os meus, famintos. Não era o rosto do homem que eu queria ver. Era o rosto de um demônio, o rosto de um ser maligno como uma mancha negra em forma quase humana. Forcei o meu corpo para despertar. Me entreguei nas mãos de Deus e mesmo assim, depois das palavras lidas e da oração feita às pressas, antes de novamente sucumbir ao sono, meus olhos se fecharam e novamente aqueles braços me envolveram.

Meu Deus, foi tudo mais horrível que aquele beijo. Ele me abraçava forçando uma penetração e eu não conseguia encontrar forças para me livrar dele. O desejo que sentia nas primeiras noites, quando imaginava que ele fosse um anjo que me visitava em sonhos, se transformou em puro horror. Perdi as contas de quantas vezes forcei o despertar do meu corpo naquela madrugada, mas não adiantava, o sono era mais forte.

Outra vez consegui me levantar e, para tentar não dormir, acendi a luz. Tentei jogar um jogo do celular.

Não passaram nem cinco minutos e eu já estava cochilando segurando o aparelho. E novamente aquele ser tentou me tomar.

Sabia que não era só um pesadelo, pois sentia aquelas garras em meu corpo, apertando, acariciando e, dessa vez, ele conseguiu se forçar para dentro de mim. Não era sólido, era algo que corria para dentro do meu corpo, preenchendo minhas veias e alma com puro pavor. Voltei a implorar a Deus para que me livrasse daquela tortura. Jurei que não chamaria jamais por Lucien novamente. Só depois que fiz essa promessa foi que a tortura acabou.

Chorei depois de uma eternidade em que não o fazia. Meu rosto ficou banhado em lágrimas.

O pânico ainda fazia parte de cada célula do meu corpo. Fiquei como uma criança violada, temendo a solidão. Abracei os meus joelhos, me lembrando do último ataque de pânico que havia me tomado na infância quando assisti um filme de terror sem a permissão dos meus pais. Naquela época, eles me abraçaram até eu me sentir melhor e depois me colocaram de castigo. Senti falta dos meus pais. Eles deviam estar felizes no interior. Não deviam saber que lamento ser tão só, tão desprovida de alguém que me dedique amor.

Levar uma vida lamentável ao ponto de me iludir e projetar alguém em sonhos para me amar, chegar ao ponto de forçar meu corpo a se entregar ao sono para que ele pudesse me encontrar, me tocar e me fazer novamente sua. Era tão ridículo.

Pedi perdão por gostar daqueles encontros tantas vezes que perdi as contas. Permaneci chorando até que novamente o sono venceu o meu medo, mas dessa vez Deus ouviu minhas preces e ninguém mais me tocou. A luz permaneceu acessa, como em um quarto de uma criança que tem medo do escuro. A bíblia aberta me protegendo.

Passei a dormir com a bíblia aberta ao lado da cama. E sempre dormia depois de várias orações.

Acreditava que tive esses sonhos por inconscientemente sentir inveja das coisas que aconteciam com Eva, mas ainda assim não conseguia me livrar do medo ou contar para alguém sobre aquilo.

Tudo passa com o tempo e essa loucura passaria.

A visita de um amigo

Benjamin

Estava pronto para sair de casa, para encontrar Eva em um parque, quando quase esbarrei em Lúcifer que apareceu na porta de supetão.

Dei um passo para trás reclamando:

— Não vai me matar do coração como a um humano qualquer. O que quer?

— Estamos nervosos?! Melhor se acalmar e desmarcar seus compromissos românticos. Eu mereço uma explicação que justifique o meu amigo me trair.

O encarei surpreso com suas palavras.

— Como soube? Ouviu os meus pensamentos sem permissão?

— Primeiro me convide para entrar e me sirva um absinto. A falta de educação não vai mudar nada.

— Entre – sabia que ele insistiria, então resolvi ser prático.

Servi uma bebida para ele e uma dose para mim. Estava nervoso com o que estava por vir.

— Agora pode me dizer, por favor? – fui cínico, apesar de temer por Eva.

Lúcifer olhou a bebida no copo por alguns instantes antes de dizer:

— Um traidor como sempre. Mas ele não foi o único. Você nem soube disfarçar.

Notei que mesmo agindo como sempre, ele parecia distraído. Alguma coisa estava mexendo com ele. Era possível que a traição tivesse tido um efeito pior do que imaginei?

Balancei a cabeça espantando esses pensamentos. Lúcifer era esperto. Já devia saber que cai nas garras do amor.

— Miguel ou Rafael? – imaginei que fosse um deles, por causa da aposta.

Ele sorriu.

— Engraçado, não mencionou Eva. Não desconfia dela?

— Pare de bobagens! Nunca fomos de meio termos ou enrolações. Se eu tenho que pagar pelos meus atos, pagarei, mas não brinque comigo.

— Calma! Eu sei quem é você e você sabe quem eu sou. Jamais vou esquecer os poucos que me apoiaram quando Miguel me atacou. Nem os que também acham que o nosso querido criador precisa nos dedicar mais amor do que dedica aos humanos.

— Pois começo a duvidar que Ele os ame tanto assim. Se amasse, não permitiria que sofressem por capricho de seres dos quais nem conhecem a existência.

— O fato de amar não significa que vai transformá-los em brinquedos sem emoções, que são incapazes de cometer erros. Esses seriamos nós, pelo menos alguns de nós.

Era difícil aceitar as palavras de Lúcifer. Ele ainda exigia o direito de cometer seus erros como os humanos. Enquanto a única coisa que eu queria era que Eva só tivesse o direito de ser feliz.

Decidi mudar o rumo da conversa:

— Ainda não me respondeu. Como soube sobre o meu envolvimento com Eva? Mesmo que eu agisse como apaixonado era de supor que fosse teatro. Você anda usando seus poderes para me vigiar?

— Não foi preciso. Rafael também se apaixonou e quis garantir que eu não usasse a alma de sua amada como brinquedo particular.

Esfreguei minha cabeça exasperado. Não esperava que Rafael ficasse sujeito a sentimentos humanos como eu, uma vez que ele estava ali a pedido de Miguel.

— Está certo. Escolhas foram feitas. O que vai acontecer comigo e com Eva? – empurrei as preocupações com os sentimentos de Rafael para segundo plano.

— Simples; Eva ainda é o objeto da minha aposta com Miguel. Vou usar o erro de vocês para ganhar facilmente. Afinal, se ela ama você vai fazer qualquer coisa para te ver feliz.

— Não posso dizer que esperava que dissesse outra coisa – comentei um pouco desanimado.

Ele riu.

— Me conhece tão bem. Vou te deixar um pouquinho nas mãos do meu melhor carrasco enquanto resolvo o meu assunto com a sua amada.

Enfim, tinha chegado o dia. Apesar de tudo, eu confiava em Lúcifer. Ele podia ser qualquer coisa, menos injusto.

— Vai até me fazer bem. Preciso de um pouco de meditação – era através do autoflagelo que consegui passar tanto tempo ouvindo as baboseiras de Miguel no passado.

— Eu sei que tortura te faz se sentir bem. Quis te fazer um favor. Quanto a Rafael, Miguel vai cuidar dele. Tenho certeza de que ele não vai ficar nada satisfeito quando eu esfregar o contrato na sua face angelical.

Lúcifer virou para partir, mas o chamei:

— Espere!

— Meu amigo, você está improvável hoje.

— Quero os poderes pelos quais não lutei antes.

— Nunca os tirei de você. Apenas disse o que queria ouvir. Só não espere se tornar o todo-poderoso. Ela ainda será humana e vai sofrer o que os humanos sofrem para no fim morrer de alguma coisa ridícula.

— Mas a alma dela é imortal e onde estiver, eu estarei.

— Desde que não esqueça que ela é minha.

— Não esquecerei.

O observei partir. Ultimamente, ele sempre usava o corpo que criou. Achei estranho, pois ele gostava de variar e de usar os humanos mais improváveis. Ainda devia estar entediado.

Não quis falar sobre esse assunto, muito menos exigir que não machucasse a alma de Eva. Se Rafael exigiu isso para entregar a aposta de Miguel, ele cumpriria. Lúcifer nunca deixou de cumprir com sua palavra. Essa era uma das suas características que eu mais respeitava. Seja pelo bem ou pelo mal, ele sempre cumpria o que prometia.

Poucos minutos depois, os melhores carcereiros do rei do inferno apareceram em minha sala prontos para uma sessão relaxante de tortura.

Me deixei ser levado.

O preço do amor

Eva

Depois de esperar por Benjamin quase duas horas no parque, onde combinamos de nos encontrar, acabei desistindo e voltei para casa. Minhas mensagens e ligações foram ignoradas.

Enquanto dirigia, meu coração falhava diante da possibilidade de passar pela mesma situação de quando o encontrei com Suzan. Minha mente insistia em desenhar imagens dele rindo de mim enquanto transava com outras mulheres. Era difícil esquecer o pior dia da minha vida.

Cheguei e comecei a procurar pela casa toda e ligar várias vezes para o celular dele. Meu medo de uma traição se tornou medo de que ele estivesse machucado ou algo assim.

Não tinha ideia de por onde seguir depois de passar por todos os cômodos e pelo terreno. Começava a ter certeza de que seu sumiço poderia ter algo a ver com a aposta.

Minhas suspeitas se confirmaram quando, do nada, apareceu, no meio da sala, um homem asiático de asas cinzentas. Algo em mim dizia que eu o conhecia de algum lugar, que devia me atentar a sua aparência, mas a preocupação com Benjamin ofuscava esses alertas.

O olhei por um tempo e disse:

— Imagino que você seja Lúcifer – arrisquei tentando parecer fria e prática.

Ele não respondeu. Me analisava sem nenhum pudor. Me senti nua, apesar de estar de jeans e casaco por causa do clima um pouco frio.

— O que fez com o Benjamin? – perguntei ao perceber que ele continuaria me olhando sem dizer nada.

— Entendo porque ele se perdeu. Bonita e ousada. Uma combinação capaz de fazer anjos virarem demônios e demônios virarem anjos.

— Vai me dizer o que fez com ele ou só apareceu para me ver?

Me mantive firme enquanto ele se aproximava com um sorriso ameaçador.

Ele segurou o meu rosto com violência me forçando a demonstrar medo, porém tudo que eu conseguia era pensar que Benjamin poderia estar sendo torturado em algum lugar.

Ao perceber que eu continuaria sustentando o seu olhar, Lúcifer me soltou rindo.

— Seu anjo está pagando por sua incompetência – virou o notebook que estava sobre a mesa e fez aparecer na tela uma cena que fez o meu coração parar de bater.

Benjamin estava amarrado com correntes e sendo açoitado por outras correntes. Suas lindas asas negras eram maltratadas e perdiam penas.

— Pare, por favor! Por que está fazendo isso com ele? – segurei a camisa do anjo caído, finalmente demonstrando o desespero desejado.

Ele segurou-me pelos pulsos.

— Sabe o que tem que fazer para que ele não sofra mais.

— Aonde assino?

Disposto a me manter no desespero um pouco mais, ele declarou:

— Primeiro me sirva uma dose de absinto. Benjamin sempre faz isso quando o visito – diante do meu olhar de raiva, ele completou: — Quanto mais demorar mais ele é torturado. Não que ele não esteja gostando.

Tremendo, servi a bebida e esperei.

— Apesar de tudo, você não é tão divertida. Os apaixonados são bastante previsíveis.

Não aceitei sua provocação. A única coisa que me importava era ter Benjamin de volta.

Revirando os olhos de tédio, ele fez aparecer um pergaminho e disse:

— Assine nas linhas pontilhadas no final do documento e seu anjo estará aqui, com todas as penas, antes do sol nascer.

Depois de assinar, algo me ocorreu.

— Como soube sobre Benjamin e eu? – sabia que nem ele ou Miguel nos espionava. De acordo com as regras da aposta, era proibido.

— Rafael. A paixão faz os anjos agirem de forma humana.

— Ele te contou? Por que?

— Para garantir que sua alma fosse bem tratada. Ele me deu a dica de usar o relacionamento de vocês para ganhar a aposta. Sabia que você faria qualquer coisa por Benjamin.

— Miserável! – deixei escapar minha indignação.

Nesse instante, um trovão se fez ouvir e começou a chover forte.

Lúcifer levantou uma sobrancelha e sorriu.

— Sentimentos não correspondidos são os mais destrutivos – foram as suas últimas palavras antes de abrir suas asas e atravessar o teto, como um anjo fantasma.

Assim que ele desapareceu, me vi correndo na chuva em direção a casa de Rafael. Nem em pensamentos conseguia chamá-lo de Serafim porque, depois de tantas traições, Serafim era um amigo que não existia mais.

Não me importava em me molhar ou que estava descalça.

Um carro parou ao meu lado, mas continuei correndo. Só percebi que era Rafael que dirigia quando ele me alcançou, depois de descer do carro, e me abraçou por trás.

— Eva, o que foi? Por que está aqui? O que ele fez com você?

Suas perguntas e o seu toque me deixavam com mais raiva. O afastei e quando me virei e vi seu rosto, fiz o que desejei desde que Lúcifer citou o seu nome: o soquei com toda minha força.

Ele me olhou surpreso. E eu gritei:

— Nunca mais me toque! Nunca mais fale comigo!

Minhas lágrimas se misturavam a chuva.

— Por que, Eva? Eu te amo.

— Você não sabe o que é amar. Você é pior que todos os demônios do inferno juntos.

— Vamos sair da chuva para conversar. Não quero que fique doente.

— Fique tranquilo. Minha alma não vai para o inferno hoje. Mesmo que você tenha se esforçado para vendê-la.

— Você entendeu tudo errado. Eu só queria protegê-la.

— Não importa. Você sabia o tempo todo o que aconteceria e usou Benjamin como isca.

Pela primeira vez, o vi demonstrar raiva. Ele socou o capo do carro com força fazendo sua mão sangrar.

— Como pode preferir aquele renegado?

— Ele pelo menos teve coragem de escolher um lado. Errado ou não. Enquanto você se esconde atrás de meias palavras.

— Quem é você para me julgar?

— Achei que fosse a mulher que amava, mas parece que seu amor é tão grande quanto a sua coragem e lealdade. Que bom! Assim fica mais fácil me deixar em paz.

Enjoada de olhar para ele, fiz o caminho de volta até a casa de Benjamin. Ainda pude ouvir seu grito de raiva e o carro partindo.

Não olhei para trás. Aquele anjo nunca foi meu amigo, nem me amava como alegou. Somente me via como um prêmio que queria ganhar.

Voltei para casa decidida a sentar e esperar por Benjamin a minha vida inteira se necessário. Se Lúcifer não cumprisse sua promessa eu ficaria gritando o nome dele até que aparecesse para me ouvir. Isso sempre dava certo nos filmes de terror.

Se passaram alguns minutos em que só fiz rolar na cama angustiada, até que ouvi a voz de Benjamin me chamando.

Corri para o banheiro e tirei as roupas.

Como sabia que ele podia ouvir as coisas, mesmo longe, sussurrei:

— Estou no banheiro pronta para um banho. Queria você aqui.

Demorou poucos segundos e ele apareceu completamente nu.

Me esforcei para não pensar que talvez essa fosse nossa última vez juntos. Não sabia bem o que esperar do nosso futuro depois daquele contrato assinado.

Benjamin foi logo me puxando e me beijando com paixão.

Desci beijando cada pedaço do seu corpo até chegar aonde queria.

Era muito bom ouvir seus gemidos enquanto o chupava. Realmente virei uma devassa depois que o conheci.

— Fica assim – sua voz era um rosnado quando tentei me levantar.

O obedeci e fiquei de joelhos, como estava. Ele também se colocou de joelhos, mas atrás de mim e, para minha surpresa e deleite, separou minhas pernas o bastante para me penetrar enquanto me mantinha presa pela cintura e pelo pescoço.

Não tive tempo para questionar se aquela posição era estranha ou não. Seus lábios, em meu pescoço, me deixavam louca de desejo.

Ficamos assim por algum tempo, porém incomodado com a nossa posição, ele me pegou nos braços, me levou para o quarto e me jogou sobre a cama, vindo sobre mim e me penetrando com força.

Horas depois, ainda estávamos na cama.

— Precisamos conversar – ele disse tirando alguns cachos de cabelo do meu rosto e colocando atrás da minha orelha.

Fiz uma careta.

— Eu sei, mas não queria pensar sobre isso hoje. Poderíamos ser como um casal de humanos e desfrutar da companhia um do outro, o que acha?

— Acho uma ideia esplêndida. Sabe onde eu queria te levar?

Balancei a cabeça negando.

— Quero te levar a um motel. É onde os casais vão para transar e nunca fomos.

— Eu devia ter imaginado – ri.

— Também quero te levar ao cinema e te tocar escondido das outras pessoas. E a um piquenique em um lugar bonito e deserto para te amar na relva.

Ri muito.

— Resumindo: você é tarado.

— Por você.

— Nesse fim de semana podemos ir jantar, dançar e depois terminar a noite em um motel – sugeri.

— Você é muito perfeita! Quer casar comigo?

— Já somos casados.

— É. Eu sou um anjo caído esperto – disse convencido sobre suas qualidades.

Mesmo que não quisesse conversar sobre o nosso futuro após a aposta, fiz a pergunta que martelava a minha mente.

— O que vai acontecer agora que vendi a minha alma?

Ele me abraçou antes de responder:

— A forma como foi forçada conta muito nesse caso. Talvez o contrato até seja anulado, não sei. Mas de uma coisa tenho total certeza: vou estar com você no céu ou no inferno e ninguém vai me impedir.

— Isso é o bastante para mim – comentei com uma voz sonolenta. Não demorou e estava dormindo nos braços de Benjamin.

Acordei durante a madrugada e não encontrei Benjamin ao meu lado. Vesti um negligee e sai a sua procura pela casa. O som de cantos gregorianos me levou até um dos cômodos onde nunca tinha entrado antes.

A porta estava entreaberta. Empurrei devagar e vi Benjamin com um pincel fazendo traços em uma tela com uma imagem de um homem alado com olhar obscuro.

Olhei ao meu redor e vi várias telas com diferentes imagens, sendo que a maioria delas retratava algum momento da minha vida.

Me vi nos braços de um anjo de asas negras, me vi mal coberta por um lençol em nossa cama, me vi com o olhar triste em uma porta.

Benjamin me olhou, mas eu permaneci vidrada nas pinturas.

Toquei com as pontas dos dedos um pedaço da tela onde meus cabelos permaneciam espalhados em um travesseiro vermelho. Fiquei um longo tempo admirando os traços da pintura, até que Benjamin me agarrou pela cintura.

— Ben, você fez tudo isso? – perguntei emocionada.

— Sim – me fez andar até uma pintura. — Lembra-se desse dia? Foi quando comecei a pintar.

Um sorriso involuntário se desenhou em meu rosto.

A pintura retratava a minha figura saindo da sala dele.

— Por que me pintou assim?

— Porque fiquei excitado com seu jeito de andar. Muitas vezes espionei seu caminhar na empresa.

— Também amo sua bunda, suas costas...

Listaria tudo que amava nele se não me interrompesse estreitando o abraço e dizendo:

— Eu te amo.

— Tanto quanto eu te amo – tirei o pincel que ainda estava em uma de suas mãos. — Posso pintar também?

— Claro, amor. Essa sala está a sua disposição. Pode pintar quando quiser e podemos pintar juntos e fazer amor aqui. Como agora.

Era inevitável. Seus beijos em meu pescoço nos levaram ao prazer pleno. As pinturas foram as únicas testemunhas da nossa paixão.

Deixei para pintar quando estivesse sozinha porque perto de Benjamin tudo virava luxúria. E eu adorava.

Outras consequências

Rafael

Ouvi o chamado de Miguel e fui transportado para uma ilha deserta.

Já sabia o que me esperava.

Miguel me encarou com seus olhos flamejantes, depois de um tempo me ignorando e olhando o mar.

— Como ousou se apossar de sentimentos humanos? – cobrou. — Eu esperava isso de Benjamin pela forma como ele existe, mas você era um anjo dos mais fiéis as nossas leis.

Pensei em dizer que cobranças e reclamações não mudariam o que fiz, mas resolvi deixar a conversa ir pelo caminho que Miguel escolhesse.

— Foi você que me colocou entre os mortais – respondi.

— Sim, com confiança por achar que poderia me ajudar a provar a Lúcifer que os humanos não são corrompíveis como ele pensa.

— Essa foi a desculpa que inventou para justificar sua apostinha com o caído? – o desafiei.

— Essa é a verdade – Miguel não se abalou com o meu desafio.

— É bom que acredite nisso. Mas só quero que saiba que me obrigar a violentar a alma de uma humana foi seu último ato como meu superior. De todas as coisas que fiz essa é a mais difícil de se perdoar.

O pavor de Naomi ainda me perturbava, tinha certeza de que essa era uma sensação que eu levaria por toda a minha existência.

— Eu não te disse o que fazer. Só disse para fazer.

Ri cheio de amargura.

— Faça com que ela tenha medo dos sonhos que ansiava por ter. Eu quero que ao ver Lúcifer ela se apavore, essas foram as suas palavras.

— Se me culpar te faz sentir melhor... – deixou o resto da frase no ar.

Senti nojo de olhar para o arcanjo que antes admirava.

— Você é tão demoníaco quanto Lúcifer, talvez até pior. Acho que os humanos vão ter que dividir suas opções em três. Não haverá apenas céu e inferno, eles também terão a opção de seguir o todo poderoso Arcanjo Miguel. Como deveríamos chamar a sua casa? Miguelandia? – o cinismo e o deboche estavam presentes em cada palavra, assim como o rancor.

— Não sabes mais o que dizes. Eu sou justo. E, por isso, darei a opção de escolher entre passar sua existência entre os mortais ou os caídos.

— Em qualquer lugar que você não esteja – o culpava por tudo que me aconteceu, por tudo que me fez fazer.

— Que seja ao lado daquele para o qual entregou a sua lealdade.

— Assim sendo, estarei entre os humanos, pois foi a Eva que entreguei a minha lealdade e o meu recém descoberto amor.

— Assim seja!

Não houve quem intercedesse por mim. Nosso Pai jamais o faria, pois confiava na justiça de Miguel e eu também não fui questionar. Estava satisfeito em poder pelo menos estar perto de Eva.

Além disso, tinha consciência dos meus pecados. Se eu não podia me perdoar por que o Pai o faria?

Continuei na mesma casa que usei durante o período da aposta, mas dessa vez tive que trabalhar como um humano. Ao contrário de Benjamin, perdi poderes e asas. E não tinha nenhum interesse em buscar Lúcifer para conseguir recuperá-los.

Amizade

Eva

Com toda a questão da aposta acabei me esquecendo de Naomi. Fazia alguns dias que não ia na empresa, então decidi voltar. Alguma coisa me incomodava nessa distância entre nós duas, mas eu não sabia o que era.

Naomi estava em sua mesa concentrada em uma tela em branco.

— Essa deve ser a obra prima mais esquisita que já vi – comentei.

— Oi, primeira dama – sorriu ao me ver.

— Aconteceu alguma coisa? – seu sorriso me pareceu forçado.

— Sei lá. Acho que preciso de ajuda profissional. Você pode ser o padre que ouvirá as minhas confissões? – pediu com a voz embargada. Parecia prestes a desabar. — Quem sabe não possa fazer um exorcismo?!

Uma lágrima escapou de seus olhos. Foi a primeira vez que vi a minha amiga chorar. Desde que nos conhecemos, ela sempre foi sorridente. Dizia que ninguém precisava ver as suas lágrimas porque todos tinham problemas.

A arrastei para uma sala e tranquei a porta.

— Me conte tudo.

— Vamos para outro lugar. Não quero que Benjamin escute – pediu.

Mesmo ansiosa, esperei até chegarmos a um café onde havia mesas bastante afastadas.

Assim que nos sentamos, pedimos café e, quando os pedidos chegaram, exigi:

— Conte.

— É tudo tão estranho, mas você está acostumada com coisas estranhas. Vou contar desde o começo – respirou fundo e esfregou uma mão na outra.

— Tenho o dia todo, então não esconda nada.

— Eu te falei que me senti atraída pelo Lucien quando o encontrei na Art's – começou a dizer.

— Sim. Me lembro. Aconteceu alguma coisa entre vocês?

Ela balançou a cabeça confirmando e começou a contar:

— Naquele primeiro dia que o vi eu fiquei pensando nele o tempo todo. Antes de dormir, minha cabeça parecia um disco arranhado implorando para que pelo menos em sonhos eu pudesse estar com ele. E um dia aconteceu. Não sei explicar como foi. Parecia um sonho, mas também não parecia. Eu o sentia me tocando, me beijando, me penetrando. Não em um cenário de sonho. Era como se ele fosse um ser invisível que me visitava a noite. Digo visitava porque aconteceu várias vezes.

— Minha amiga, talvez você esteja apaixonada e esses sonhos estão refletindo os seus desejos.

Ela balançou a cabeça sorrindo tristemente.

— Mas a história não termina ai – esfregou a cabeça bagunçando seus cabelos. A franja longa foi empurrada para trás mostrando sua testa, mas logo caiu de volta no lugar. — Chamei por ele, sinto isso. Talvez por sua história com Benjamin, eu quis imaginar como seria se por um milagre ele também fosse um anjo que me amava de um jeito sobrenatural.

Não sabia com responder a sua confissão, então tentei me atentar aos fatos e não me sentir culpada por ser amada por alguém como Benjamin.

— Além dos sonhos, aconteceu de verdade? – tentei mudar o rumo da conversa.

— Peguei Luke me traindo e na mesma noite transei com o amigo do seu marido – ela respondeu olhando a toalha quadriculada da mesa.

Não esperava essa resposta, tanto que demonstrei espanto ao questionar:

— Como foi isso?

— Eu o encontrei por acaso em um bar onde pretendia encher a cara até esquecer Luke e os sonhos estranhos – como se soubesse o que eu ia perguntar, ela completou: — Quando ele veio falar comigo, parei de beber. Queria estar sóbria.

— Foi bom? Me conta sobre isso – segurei sua mão transmitindo através do toque que estava ali por ela fosse qual fosse a situação.

Ela sorriu como se vagasse por uma lembrança feliz.

— Foi maravilhoso. Nunca me entreguei daquela forma e nunca foi possuída com tanta intensidade.

Eu estava pronta para dizer que estava feliz por ela quando recebi o balde de água fria.

— Ele sumiu depois daquela noite. Não tenho seus contatos e ele não me procurou.

— Que canalha! Filho da puta!

— Olha o palavrão, mocinha! Não precisa queimar o coitado na fogueira. Eu é que era a louca que queria transar com ele por causa de sonhos. Ele não me fez nenhuma promessa. Diferente de Luke.

— Esse é outro filho da ... outro imbecil – engoli a vontade de xingar porque sabia que ela não gostava.

— Você já está toda nervosa e eu nem contei a pior parte.

Ela fez uma pausa.

— Pelo amor ... – ia dizer pelo amor de Deus, mas recordei de Benjamin falando sobre o quanto usávamos o nome Dele em vão.

As palavras de Naomi me fizeram sentir que as coisas iriam ladeira a baixo.

— A história não acabou. Para finalizar, devo dizer que dias atrás aquele sonho aconteceu novamente. Mas dessa vez foi horrível – limpou uma lágrima e contou tudo o que aconteceu naquela noite.

Foi como se eu ouvisse uma história de terror. Era difícil de acreditar que a minha amiga, que vivia sempre sorridente, tivesse passado por algo tão monstruoso. "E se for minha culpa?" Comecei a me perguntar se ela estava tendo tais sonhos estimulada pelas coisas que presenciava só por ser minha amiga. Em pouco tempo, ela viu um anjo caído, viu eu perder e recuperar a minha mão, ouviu minhas histórias sobre sonhos malucos com bebês e ainda sabia que meu marido era amigo do tão temido Lúcifer. Nunca tinha pensado direito em como tudo isso a afetava e ouvi-la contar algo tão monstruosamente surreal me fazia gelar. Além disso, algo me incomodava quando ouvia o nome Lucien, mas não conseguia entender. Era como se eu precisasse lembrar algo e não conseguisse.

Quando ela terminou de relatar, eu apenas a encarava. Não percebi que estava boquiaberta.

— Acha que devo ser internada em um hospício? – tentou brincar.

— Não sei o que dizer, minha amiga – decidi ser sincera e lutar para que nunca mais algo assim acontecesse com ela. — Só que não vou deixar você sozinha. Quero que passe alguns dias comigo até que isso acabe.

Tinha planos de descobrir quem era o misterioso Lucien e o motivo dele ter sido um canalha que come uma mulher e depois some. Também planejava convencer Naomi a me deixar pedir ajuda a Benjamin para resolver a questão desses sonhos esquisitos.

— Talvez não seja o ideal. Estou com medo de acabar esbarrando com Lucien na sua casa.

— Relaxa. Ele nunca apareceu e nem vai porque proibirei a entrada dele.

Ela começou a dizer que não queria atrapalhar, mas, nessa hora, meu telefone tocou.

— Não fuja. Vou ver o que Benjamin quer e aproveitar para ir ao banheiro. E quando eu voltar quero ouvir um sim – declarei me afastando da mesa para atender o telefonema.

Quando voltei, havia um homem sentado no meu lugar. Meu sangue gelou ao reconhecê-lo. Cheguei a ficar paralisada de pavor. Entendi o que meu cérebro queria que eu recordasse. Naquele dia em que o vi no escritório estava tão concentrada em Benjamin que não prestei atenção ao visitante, não o bastante para reconhecê-lo quando ele apareceu na minha sala com suas asas cinzentas.

— Lembra-se do Lucien? – Naomi comentou diante da minha paralisia e mudez.

— Você?! O que está fazendo com a minha amiga? – por um instante, perdi o controle. Quis segurar o cabelo dele e bater com a sua cara na mesa para ver se sangrava.

— Como assim? – Naomi ficou espantada com a violência das minhas palavras.

Pensei em revelar quem era aquele que ela desejava, mas tive medo da sua reação e decidi esperar o momento certo.

— O senhor Lucien sabe os motivos da minha irritação – a puxei pelo braço e peguei a sua bolsa afastando-a de Lúcifer. — Vamos! Avisei Benjamin que vou até a sua casa pegar algumas coisas e que você vai ficar conosco. Em nossa casa estará segura.

— Espere! Me explica o que foi aquilo que disse ao Lucien. Você parecia ter visto um fantasma quando o viu – ela exigiu, enquanto eu praticamente a arrastava para fora do café.

— Desculpe. Quando eu o vi, recordei tudo que você me falou e perdi o controle. Sinto muito – menti.

— Não tem que se desculpar. Sou uma sortuda por ter uma amiga como você – seus braços envolveram a minha cintura em um abraço que retribui.

— O que ele queria?

— Não tive tempo de saber. Ele falou que tinha algo para me contar, mas a senhorita me arrastou antes que ele pudesse revelar. Deve ser alguma desculpa esfarrapada por nunca ter me ligado ou podia estar entediado e queria transar. Quem sabe? – riu.

Ela parecia bem melhor do que quando a encontrei na empresa.

— Você não precisa de nenhum Lucien ou Luke. Está na hora de mudar a letra do alfabeto. Que tal conhecer um Michael?

Naomi riu ainda mais me enchendo de alegria. Porém, eu sabia que ela ainda tinha lágrimas que derramaria quando não houvesse espectadores.

Deixei Naomi no apartamento, para separar as suas coisas com calma, e voltei para casa.

Quando cheguei, não resisti e perguntei, enquanto me servia de vinho:

— Você sabia sobre o seu amigo e Naomi?

Benjamin me encarou surpreso, mas respondeu:

— Sim. Eu o avisei que estava cometendo um erro.

— Por que não me contou? É tão estranho! Eu não o reconheci quando o vi pela segunda vez. Era como se algo bloqueasse a minha mente – isso era o que mais me incomodava.

— Não tinha nada a ver com você, e sua amiga estava interessada. Achei que deviam resolver entre eles – ele parecia realmente despreocupado. — Quanto a não reconhecê-lo, foi só porque ele não quis. Ele pode fazer isso; ser visto apenas quando quer, ser reconhecido apenas quando quer.

Eu não conseguia ficar tão tranquila quanto Benjamin.

— Mas ela não sabe o que ele é. E o que ele está fazendo com ela é assustador – comentei achando que ele sabia sobre os atos do amigo.

— Ele só está interessado em sua amiga. Apesar de ser quem é, não tem nada de assustador. É uma relação parecida com a nossa.

— Como não é assustador? Não tem nada de parecido com o que vivemos. A minha amiga está dormindo abraçada a uma bíblia de tão assustada que está com o que ele faz com ela a noite – suas palavras me deixaram indignada. Não tinha comparação nossa relação com o que Lúcifer fazia com Naomi.

— Explique – exigiu, disposto a defender o amigo.

Contei para ele o que Naomi me confidenciou. Sua resposta foi um nome e uma expressão de puro ódio.

— Miguel! Desgraçado! É por isso que não confio nos que se dizem bonzinhos.

— Não estou entendendo. O que tem o arcanjo a ver com isso?

— Lúcifer não é burro. Ele sabe muito bem que ainda estamos no prazo da aposta. E eu disse a ele que você não perdoaria se machucassem a sua amiga. Acha mesmo que ele faria algo que pudesse fazer você voltar atrás no contrato? – sem esperar uma resposta ele continuou. — Jamais. Eu já te disse que as almas forçadas são resgatadas, então ele nunca faria nada que pudesse prejudicar nosso relacionamento. Ao contrário de Miguel.

— Miguel faria algo assim com Naomi? – perguntei mais para a minha consciência. A possibilidade me apavorava.

— Ele usaria Rafael. Aquele burro não pensa por conta própria.

Foi impossível não lembrar dos sonhos com o bebê. Realmente poderia ser coisa de Rafael.

— Eu queria saber por que seu amigo sumiu depois de transarem de verdade – me sentia mais confortável de chamá-lo assim; "seu amigo", Lúcifer era um nome muito apavorante. — Se realmente queria uma aventura com Naomi devia ser sincero com ela. Evitaria todo o sofrimento que a minha amiga está vivendo.

Benjamin riu e comentou:

— Ele deve ter caído em sua própria armadilha. Eu avisei.

— Não entendi o que quer dizer – seu sorriso me confundiu.

— É melhor que presencie. Garanto que vai entender.

Quando pensei em questionar, ele fechou os olhos e pronunciou o nome de Lúcifer como um chamado.

A verdade

Lúcifer

O chamado de Benjamin não me surpreendeu. Achei que poderia ser algo referente a aposta, mas me surpreendi ao encontrá-lo com Eva, esperando por mim. E me surpreendi mais ainda quando me entregou um copo transbordando absinto e disse:

— Beba! Mesmo que não faça efeito, você vai precisar.

— Vai me dizer o que está acontecendo ou tenho que adivinhar? Estou com preguiça de vasculhar pensamentos – mesmo questionando, aceitei de bom grado a bebida.

Vi Benjamin retornar ao seu lugar, ao lado da esposa, antes de dizer:

— Espero que não tenha caído em sua armadilha em relação a Naomi, pois se estiver apaixonado isso vai ser doloroso.

— Já disse que nem você ou sua esposa tem algo a ver com isso. Vocês já têm os seus problemas, se preocupem com eles – quis tentar parecer que suas palavras não mexiam comigo, mas acabei virando a bebida toda em grandes goles. O que poderia vir de

Naomi que ainda poderia ser doloroso? Já me sentia em plena dor.

Benjamin percebeu o meu nervosismo. Pude ver em seus olhos.

— Só preciso que me confirme uma coisa, se puder – dessa vez foi Eva quem disse. Parecia muito nervosa.

— Não vejo por que não.

— Depois que transou com Naomi você voltou a procurá-la em sonhos como fez antes?

Não me surpreendeu que Naomi havia contado a ela sobre os sonhos. Me lembrei de como ela dormia abraçada a uma bíblia por medo da minha aproximação. As lembranças mexeram comigo de tal forma que minhas asas se abriram diante da minha falta de controle.

Encarei Eva, pronto para dizer que não era problema dela, quando uma voz feminina nos fez virar para a entrada.

— Minha nossa! – a voz exclamou.

— Naomi?! – três vozes pronunciaram ao mesmo tempo.

Ela balançou a cabeça incapaz de acreditar no que via. Mas ao contrário de sair correndo, ela entrou na sala e nos encarou sem dizer nenhuma palavra por vários segundos. Seu olhar era de uma pessoa vendo um tubarão em um aquário.

— Como pode fazer isso comigo? – perguntou diretamente para a amiga.

— Se alguém fez algo contra você, esse fui eu – a fiz se virar para mim sem me importar em encolher as asas.

Para nossa surpresa, ela juntou dois dedos fazendo um sinal da cruz e apontou para mim.

— Não sou um vampiro, Naomi.

— Eu achei que estava ficando louca – com os dedos virados na minha direção, ela se voltou novamente para Eva. — Esperava qualquer coisa de um demônio, mas nunca pensei que fosse me decepcionar com você. Você é minha amiga. Eu disse como me sentia e você... você.... Devia ter me contado.

Eva começou a dizer que sentia muito por não ter contado quem eu era quando teve a chance.

Naomi não parecia ouvir. Seus braços caíram, esquecida do símbolo da cruz.

— Por que não me disse? Por quê?

Eva só conseguia dizer que sentia muito e pedir perdão.

Nesses poucos instantes, Naomi evitava me olhar como se tivesse medo do que iria ver. Não aguentei, a puxei pelo braço tentando fazer com que me olhasse. Mas ela cobriu o rosto com as mãos e simplesmente correu para fora da casa, esbarrando em algumas coisas pelo caminho.

Eva tentou ir atrás dela, mas Benjamin a segurou.

— Esse problema é seu, Lúcifer.

Meio atordoado, recolhi minhas asas e segui atrás de Naomi. E como se a vida humana realmente fosse um clichê, começou uma chuva forte.

A encontrei sentada em um ponto de ônibus. Estava encharcada.

— Oi, deixe eu me apresentar, todos me chamam de Lúcifer apesar de usarem alguns apelidos às vezes – tentei parecer calmo ao me aproximar.

— Não precisava vir atrás de mim. Só corri porque estava com vergonha da situação. Não foi para gravar um drama romântico – ela disse sem me olhar.

— Eu te devo uma explicação.

— Está tudo bem. Acho que entendo. Como amiga de Eva, eu devia imaginar que seria usada para a tal aposta. Entendo, porém não aceito.

As palavras pareciam presas em minha garganta. Me senti inútil, impotente.

— Ainda que tudo agora faça sentido, tem algumas coisas que eu gostaria de saber – por fim, me olhou.

— Eu vou responder as suas perguntas, mas depois quero que me ouça – me sentei ao seu lado.

— Luke realmente me traiu ou foi alguma mágica para tirá-lo do caminho?

— Talvez eu tenha dado um empurrãozinho – confessei. — Ele mexeu com a garota, mas eu fiz com que ela correspondesse. Algo parecido com o ditado humano: "a ocasião faz o ladrão". E ele te traiu muitas outras vezes antes daquela noite.

— E aqueles sonhos?

— Não eram sonhos. Era a minha forma real.

— Qual era o objetivo? E qual deles era a sua forma real; o amante dos primeiros sonhos ou o monstro do último?

— O objetivo era saciar o nosso desejo. Só não sei o que quer dizer com a questão da minha forma – enquanto falava, me lembrei da pergunta de Eva sobre eu ter voltado aos sonhos depois de experimentar a realidade. — Eu queria que você me visse, mas se abrisse os olhos poderia se queimar até virar pó porque sou feito de uma luz que é fatal para os humanos, apesar do que a minha fama sugere.

— Deixa isso para lá. Só de falar nisso fico gelada – ela estremeceu e não foi de frio ou desejo, foi de pavor.

Segurei a sua mão, mesmo com ela puxando, e ouvi seu pensamento.

"Eu que costumava ouvir Eva falar do padrasto nunca imaginei que seria violentada de forma tão mais profunda." – esse era o seu pensamento enquanto conversávamos.

— Eu sei que o que fiz foi um estupro. Não me orgulho disso. Sinto muito por as coisas terem começado assim.

— Como começaram não é o problema. O que me assusta é como terminaram.

A olhei sem entender, mas ela desviou o olhar para as mãos que torcia nervosamente.

Eu precisava saber de tudo que ela sentia, então voltei a esquadrinhar seus pensamentos e me vi buscando em suas lembranças o que aconteceu no último encontro. E soube que não fui o último a se encontrar com ela.

— Eu vou destruir aquele desgraçado! – levantei-me de um salto. Minhas asas apareceram novamente.

Naomi quase caiu do banco com o susto que levou, mas a segurei e a abracei usando minhas asas para aquecê-la.

— Sinto muito por você ter passado por aquilo. E agora posso responder a sua pergunta; a minha forma era a do amante dos primeiros encontros. O que esteve no último é um ser que vai desaparecer assim que eu o encontrar.

Ela sorriu, apesar de não demonstrar nenhuma alegria.

— É estranho como nem sempre são as mais belas que são desejadas – brincou.

— A beleza é subjetiva. O que você considera belo, eu posso considerar pavoroso.

— Eu sei que você é o demônio e que não se importa com os humanos insignificantes que machuca, mas ...

— Peça.

— Nem sei se isso é possível, mas se for, gostaria que me tirasse as lembranças nas quais você aparece. Depois dessa aposta não vou significar nada para você, não faz sentido me lembrar.

— Quer me esquecer?

Ela apenas balançou a cabeça confirmando e se afastou, voltando a se sentar no banco.

— Por quê? Não pode só considerar uma aventura?

— Porque eu cometi o erro de me apaixonar. Porque você me assusta. Não me importa que eu tenha sido um brinquedo, uma curiosidade. O que me apavora é a lembrança daquela noite. Eu tenho medo de você.

Suas palavras me fizeram suspeitar que seu tremor não era somente por causa do frio ou do medo. Me sentei novamente ao seu lado.

— Dizer que não fui eu, não vai mudar nada. Eu vou apagar essa lembrança quando apagar o ser que a causou – pousei uma mão em uma de suas pernas fazendo ela me encarar. Havia mais que medo em seu olhar. Havia desejo. — Quanto as outras lembranças, não quero apagar.

— Por que não? Não vai fazer diferença para você.

"Eu quero que se lembre de mim e que me ame." – desejei dizer, mas me controlei.

— Posso fazer isso, mas o método talvez não te agrade – ao perceber que ela estava com medo, completei: — São necessárias vinte e quatro horas humanas de pecado.

Minhas palavras foram como ondas levando o medo dela para o fundo do mar. De repente, aquela Naomi que se entregou completamente a uma noite de paixão depois de um encontro no bar, estava presente e sorriu ao dizer:

— Por que será que já imagino o que quer dizer?

— Você me atrai. E eu quero mais do que já experimentei – confessei. — Não sei como isso foi acontecer. Nesse momento, sinto que a única solução é apagar as minhas lembranças, mas ao mesmo tempo sou dependente delas. Eu acho que te amo. Como isso foi acontecer?

— Você é capaz de amar? A única coisa que sei sobre os anjos é o que li na bíblia e você não é um exemplo de amor.

— Esse livro que os humanos imprimiram. Aff! – bufei, um pouco irritado que as pessoas o seguissem tão cegamente. — Quanto acha que ainda tem de verdade ali? Nunca se perguntou se seus semelhantes maquiaram ou esqueceram algo para benefício próprio?

— Nunca pensei nisso. Se for verdade, que base teremos?

— O mais engraçado em tudo isso é que as pessoas usam a bíblia como um manual, mas só seguem o que interessa a elas. Mesmo que cada letra seja mentira ou verdade, nada muda. Apenas o que vale é o que vocês consideram errado e certo.

— Como assim? – me encarou como uma aluna aplicada diante de um professor.

— Aqueles humanos que continuam fazendo algo quando sente que é errado, seja por qual for o motivo, vai passar uma longa temporada comigo.

— E os que seguem fazendo o bem?

— Basta saber que não vão ser meus hóspedes.

— E eu? Pode dizer em qual categoria me encaixo? – parecia uma criança curiosa.

Tive vontade de responder: *você vai ficar comigo nem que eu tenha que implorar a Ele.*

— Você é a única pela qual já me coloquei de joelhos, depois do meu Pai.

Naomi não conseguiu disfarçar um sorriso ao dizer:

— Quando você se ajoelhou foi por motivos sexuais.

— O simples gesto de tocar os meus joelhos no chão é cheio de significado – enquanto falava, pensei no quanto estivemos perto de sermos destruídos. "Por que o Pai não fez nada diante da minha evidente adoração a ela?"

Noemi me olhava com uma expressão de quem tinha dúvidas se devia ou não acreditar.

Em seus pensamentos questões como: Alguém tão comum quanto eu? Como poderia?

— Você não tem nada de comum.

Ela me olhou assustada.

— Você escuta todos os meus pensamentos?

— Vamos voltar ao assunto das vinte e quatro horas de pecado – declarei sorrindo e deixando-a na curiosidade.

Ela fez uma careta e respondeu:

— Tudo bem. Desde que eu esqueça tudo.

O meu sorriso sumiu. Suas palavras doeram em mim de uma forma devastadora, porém foquei no fato de que teria vinte e quatro horas para seja lá o que eu pretendia.

Como esquecer você?

Depois de levar Naomi em casa e deixá-la sem sequer um beijo de despedida, fui atrás do desgraçado do Rafael.

Ele estava na casa em que usava como parte do seu disfarce humano.

— Imagino que tenha descoberto – disse assim que me viu aparecer em seu sofá.

— Vou me fazer de humano e questionar: por que fez algo tão cruel com uma mulher inocente? – minha voz se assemelhava a um rosnado.

— Eu nunca vou me perdoar por isso. Justificar não muda o que fiz.

— Quero saber.

— Não foi só porque Miguel queria prejudicar você. Eu tive inveja. Como pode Benjamin ser amado e eu não? Como pode você ser amado e eu não? Você é o pior dos demônios e era aguardado por uma humana como se fosse o melhor dos sonhos.

Eu não sabia o que dizer. Apenas queria matá-lo.

— Quando estava com ela, e ela percebeu a diferença, eu não quis só assustá-la. Eu a desejei. Por isso, lutei contra sua relutância várias vezes para possui-la naquela noite. Não conseguia entender como a bíblia podia afetar um anjo, mas, pensando bem, o que eu fazia não era atitude de um anjo. Acho que era por isso que quando ela conseguia abrir um pouco os olhos não era queimada. Minha aparência real não era de um anjo e sim de um monstro repulsivo. Quando ela finalmente entendeu que eu desaparecia quando tocava o livro sagrado, o abraçou com força e dormiu assim. E eu parti – relatou como se as lembranças doessem fisicamente. — Era isso que queria ouvir?

Eu queria mesmo era torturá-lo pela eternidade, mas sabia que as lembranças continuariam assombrando Naomi enquanto ele não desaparecesse.

— Espero que não tenha feito planos para o futuro, pois quero compartilhar um segredo que nem Benjamin sabe; quando fui expulso, Ele me deu o poder de destruir qualquer ser inferior, inclusive você.

— Vai me fazer um favor. Existir sem Eva e cheio de culpa não me atrai.

— Farei – segurei o pescoço dele com as duas mãos e apertei até não existir nada entre meus dedos.

Rafael desapareceu, assim como as lembranças daquela noite e, com o tempo, toda lembrança da sua existência também desapareceria.

Eu tinha combinado com Naomi que as nossas vinte e quatro horas seriam aproveitadas em uma praia deserta.

Quando a vi na porta do apartamento com uma mochila e algumas sacolas, balancei a cabeça.

— O que é tudo isso?

— Comida, água, toalha, etc...

Entrei no apartamento e fechei a porta passando a chave na fechadura, antes de me virar para ela e segurá-la pela cintura.

— Se quiser levar, fique à vontade, mas não sentirá fome, sede e muito menos deixarei que se vista.

— E como vamos?

Toquei seus lábios, sentindo o prazer de ter meu dedo mergulhando em seu batom vermelho.

— Assim – abri minhas asas e a envolvi. Quando as abri novamente, estávamos em uma praia que nenhum humano chegou a pisar.

Vi os olhos dela brilharem, empolgada com o lugar e com o fato de que tinha se transportado de forma tão estranha.

De repente, me abraçou pela cintura e disse algo que me surpreendeu:

— Confesso tinha inveja quando Eva falava sobre as asas de Benjamin. Eu imaginei como seria ter um par de asas me protegendo. Obrigada por me mostrar como é sentir isso.

— Você não devia ter dito isso – as suas palavras minaram o meu controle.

Tirei as coisas das suas mãos, deixando cair no chão, e a mantive presa por minhas asas, minhas mãos e meus lábios até que a senti tremer de desejo.

— Vinte e quatro horas é muito pouco – declarei antes de guardar minhas asas e me jogar na areia, trazendo-a comigo.

Depois que me desfiz das suas roupas, não permiti mais que as colocasse.

A devorei completamente na areia.

Após um tempo, ela quis nadar e eu fiquei observando a sua alegria ao brincar com as ondas.

Mesmo já conhecendo o seu corpo, fiquei admirando-a sair nua do mar. Era uma visão magnifica.

Antes que ela pudesse sair completamente da água, a puxei para mim, a derrubei sobre as ondas e a amei com desespero. Era bom ter poderes, pois se não fosse por eles não conseguiria mantê-la viva e não poderia experimentar o que era poder dar prazer a ela na terra e no mar.

Passaram-se algumas horas e nos sentamos na sombra de uma árvore. Minha cabeça apoiada em suas pernas forneciam uma visão tentadora dos seus seios e do seu rosto.

Ficava difícil parar de sorrir quando a via tão tímida e desejada.

— Tenho tantas curiosidades sobre você – comentou acariciando meus cabelos.

— Claro que tem! – sabia que ela queria conversar para espantar a vergonha. — Pergunte. Hoje sou todo seu.

— Como é o inferno?

— Um dia te levarei lá, mas não chamo de inferno. Chamo de reino.

— E lá é bom de se viver?

— Deixarei que descubra quando a levar lá.

Ela ficou em silêncio, como se pensasse em uma pergunta que pudesse ser pertinente. Decidi ajudá-la comentando:

— Sabia que algumas religiões acreditam que não fui eu quem cai e sim um rei humano qualquer?

— E qual é a verdade?

— O que quiser acreditar. Eu não sou a árvore da sabedoria – respondi, mais preocupado em acompanhar o subir e descer dos seus seios com a respiração.

— Não seja tão evasivo. Se não quer falar, tudo bem.

Só depois de ouvi-la foi que percebi que meu comentário fora grosseiro.

Eu queria falar, sim. Queria que ela soubesse tudo sobre mim, queria que aceitasse tudo sobre mim.

— Eu realmente fui expulso. Foi por algo ridículo e não foi contra o Pai. Eu só achei que devia ser o favorito e convenci alguns dos irmãos a me seguir. Achava que Miguel era o favorito enquanto ele achava que era eu. No início, não tinha nada a ver com vocês. Pois nem existiam.

— Você caiu por isso?

— Talvez ou talvez porque, ainda irritado, corrompi a nova criação Dele. Foi por levá-los a pecar que perdi meus poderes e Miguel aproveitou para tentar me destruir e a aqueles que me seguiam.

— Como você pode ser o único castigado quando Miguel não parece ser nada perfeito?

Vi a indignação brotar em sua expressão e a amei um pouco mais.

— Eu sou orgulhoso, invejoso, muitas vezes preguiçoso, me deixo levar pela ira, gula e avareza, e agora confirmei que tenho muito mais luxúria do que imaginava. Essas são as minhas características mais marcantes – sorri lembrando de alguns momentos da minha existência. — Ainda assim o que chamam de queda foi o responsável por eu ser escolhido como júri e juiz da mais nova e, me atrevo a dizer, favorita criação do meu Pai. Miguel foi castigado ao não ter a chance de estar em meu lugar.

Pensativa, ela comentou:

— A Bíblia diz que foi você quem tentou Adão e Eva para pecarem e que trouxe a queda do casal. Por quê? É como se os anjos já estivessem expostos a corrupção. É esquisito pensar que Deus, que tem o poder de criar e destruir, tenha simplesmente permitido. Livre arbítrio não me serve como justificativa.

— Eu, que fui o mais próximo Dele, não sei todos os seus propósitos. Não pense muito nisso. Deixe o passado nas lembranças e foque no presente. Ele me criou, criou você e cruzou os nossos caminhos, para mim isso prova o quanto é sábio. Eu sou o favorito.

— Pelo menos o meu favorito você é.

Senti um leve beijo em minha testa. Foi tão estranho. Pela primeira vez, um simples beijo foi o suficiente para me preencher tanto que fechei os olhos e adormeci como um humano.

Naomi tinha o poder de me transformar em tudo que nunca imaginei poder ser.

Enquanto dormia, pude ir até o Pai. O vi em seu trono sorrindo em minha direção. Seu sorriso era como uma mensagem que dizia: "Você fez muito bem o trabalho que lhe foi incumbido". Abri a boca para questionar o que Ele achava das minhas atitudes, mas Ele balançou a cabeça. E eu soube que entendia meus sentimentos e perdoava os meus pecados. Como criador de tudo, já tinha escrito a mudança que Naomi faria em minha existência.

A noite chegou, a madrugada e a manhã.

Eu não queria tirar as minhas mãos de Naomi, mas trato é trato. Da mesma forma que a levei a praia, fiz o caminho de volta até o seu apartamento.

Ao se ver em casa, Naomi pareceu se entristecer um pouco.

— Acabou o meu tempo. Está preparada? – me sentei em uma de suas poltronas berrantes tentando não demonstrar o quanto tirar suas lembranças me afetaria.

Ela parou na minha frente com os braços cruzados sobre os seios cobertos por um vestido colorido.

— Não – respondeu.

— O que foi? – questionei ansioso.

— Eu quero essas lembranças. Não queria desejar isso, mas o que posso fazer? Sou apenas uma humana idiota que quer se apegar a sonhos quando você não me desejar mais.

Meu coração humano batia tão depressa que parecia prestes a sair do corpo.

— Tem certeza? Não me acha um estuprador desgraçado?

"Por favor, diga que não acha."

— Para ser sincera, não consigo me lembrar do motivo pelo qual pedi que tirasse essas lembranças de mim. É estranho. Sei que algo ruim aconteceu, mas sei que não foi você e não consigo recordar o que foi.

— Você nunca vai lembrar daquilo. O infeliz que a machucou não existe mais. Junto com ele, se foram as lembranças.

— Que bom! Então posso ficar com as recordações dos sonhos, daquela noite após o bar e das vinte e quatro horas?

Algo surgiu em minha mente. Uma solução que me beneficiaria muito.

— Penso em algo melhor. Você tem algum problema em ser temida?

— Não entendi – continuava com os braços cruzados sobre os seios.

— Você aceitaria ser a rainha das almas condenadas? Aceitaria ser a minha rainha?

Seus olhos arregalados era um charme.

A puxei para sentar em meu colo e expliquei:

— Nunca pensei nessa possibilidade, mas depois que te conheci comecei a pensar que todo rei precisa de uma rainha. Sabia que você foi a primeira e única humana que experimentei?

Vi em seus olhos o quanto ela gostou dessa revelação.

— Se eu for sua rainha não permitirei que sequer olhe para outra. Sou muito ciumenta – declarou com sua unha vermelha tocando o meu nariz, como uma ameaça.

— Se você for a minha rainha não precisarei nem desejarei. Assim como não permitirei que ninguém mais a toque ou a deseje.

— Você também é ciumento – riu acariciando minha boca com a ponta do dedo. — Como isso pode acontecer? Como eu poderia me tornar a sua rainha?

Sua pergunta me fez ter certeza de que pensava na possibilidade.

— Com um contrato, como todos os meus arranjos – fiz aparecer o pergaminho. — Vamos escrever juntos.

— Gosto da ideia de ser rainha – após ela dizer isso, começamos a discutir o contrato. De acordo com o que falávamos, as cláusulas iam aparecendo no papel. Me diverti enquanto escrevíamos e pelas risadas de Naomi, em algumas partes, soube que ela também se divertia.

Depois que ela assinou o contrato, declarei:

— Virei buscar a sua alma pessoalmente – e selei nosso pacto com um beijo que nos levou a instantes de prazer intenso.

Foi a última vez que nos amamos antes de sua alma estar pronta para deixar o mundo dos humanos.

O resultado da aposta

Quando o prazo de um ano acabou, me vi diante de Lúcifer, Miguel e Benjamin.

Pela primeira vez, Miguel mostrava uma expressão que sugerisse a capacidade de sentir. Mas era uma expressão de raiva.

— Acho que não preciso dizer que o contrato não vale – foi o primeiro a se pronunciar.

— A senhora Graham assinou um contrato onde me cederia os direitos sobre a sua alma em troca de uma vida tranquila e confortável ao lado do seu amado marido.

— Todos sabemos que ela foi coagida porque você usou Benjamin.

— Engano seu. Benjamin não foi forçado a nada. Se esse fosse o caso esse papel nem existiria – balançou um pedaço de pergaminho. — Mas estou disposto a levá-lo ao julgamento dos que considera seus.

Benjamin já havia me explicado como funcionava essas questões. Miguel teria que levar sua reclamação ao Pai e isso exporia seu ato de apostar com a vida de um humano. Se ele fizesse isso poderia ter o mesmo destino que Lúcifer e Benjamin, mas sem o bônus de reinar sobre almas humanas e anjos caídos. Eu achei tudo isso muito esquisito porque, pelo que entendia, Deus sabia de tudo. Achei esquisito, mas decidi deixar para lá, pois minha cabeça explodiria antes de entender os mistérios do Universo.

Miguel olhava para o seu rival com muita raiva mal contida, eu podia até imaginar o fogo saindo da sua cabeça como nos personagens de desenho animado.

O tempo todo, permaneci ao lado de Benjamin. Ele segurava minha mão com uma força exagerada. Parecia ter medo de que qualquer um daqueles anjos pudesse me levar.

Era para todos os envolvidos estarem presentes, mas soube por Benjamin que Lúcifer deu um fim a Rafael por causa do que ele fez com Naomi. Não senti pena do anjo. Quando declarou que me amava, eu acreditei que realmente sentia algo por mim e, apesar de tudo que fez para prejudicar Benjamin, desejei que encontrasse a felicidade. Porém, sua atitude com Naomi era outra coisa. Estava além das minhas forças perdoá-lo.

Fiquei feliz por ela não se lembrar. Eu tinha pesadelos com as tentativas de Antony em me violentar, imagino como estaria o psicológico da minha amiga se ficasse recordando o estupro de um anjo.

Esses pensamentos me fizeram olhar para Miguel com nojo. Ele que ordenou a Rafael que violentasse Naomi se passando por Lúcifer.

— Eu venderia a minha alma por alguns centavos se isso garantisse que você perderia – me ouvi rosnando essas palavras. — Se eu pudesse faria você ter o mesmo destino que Rafael.

— Mas não pode – ele me desafiou.

— Mas eu posso – Lúcifer se meteu.

— Eu não sou tão fraco quanto Rafael. Vai precisar se esforçar para me destruir, meu irmão.

— Você me deve e vou ter permissão para cobrar durante dez mil anos – Lúcifer falou sem esconder a ansiedade.

O jeito como ele se transformava em um guerreiro quando o assunto era Naomi me deixava feliz.

— Faça o seu pior! – Miguel finalmente se deu por vencido.

A minha alma jamais estaria do mesmo lado que ele.

— Faremos. Minha rainha e eu.

Me assustei com suas palavras. Não sabia que ele tinha uma rainha. Dessa vez eu contaria para Naomi. Não deixaria mais a minha amiga no escuro como quando teve os tais sonhos.

Miguel estava tão irritado que, sem esperar ou dizer mais nada, desapareceu nos deixando sozinhos.

— Que tal comemorarmos a minha vitória? – Lúcifer se jogou no sofá animado e satisfeito.

— Conheço o bar ideal – Benjamin declarou.

— Então, vamos buscar a minha futura rainha.

Abri a boca para questionar, mas ele desapareceu por alguns segundos e reapareceu abrindo as asas e revelando um confusa Naomi.

— O que aconteceu? – ela questionou olhando ao redor com uma escova de dentes na mão.

— Vamos a um bar comemorar a minha vitória sobre Miguel – Lúcifer declarou.

— Acho que a minha roupa não é decente nem para um bar – ela disse apontando a camisa masculina que vestia, sem mais nada além dela.

Lúcifer se apressou a cobri-la com as asas, mas eu a puxei.

— Vamos nos arrumar lá em cima. Esses dois podem fazer o que quer que os anjos caídos fazem enquanto nos esperam – queria entender que história era aquela de rainha. Imaginei que se ficássemos a sós ela contaria.

Naomi me seguiu escada acima.

— É bom saber que essa história de aposta acabou sem maiores estragos –comentou enquanto escolhíamos algo para ela em minhas roupas.

— Apesar dos percalços, viveria tudo novamente se soubesse que terminaríamos aqui, escolhendo roupas para sair com nossos anjos caídos.

— Eu também.

— Como você e o Lúcifer estão? – estava ansiosa para tocar no assunto. Preciso dizer que saber que ele destruiu Rafael me fez perder o receio em pronunciar o seu nome.

— Estamos bem. Ele me pediu para ser sua rainha e eu aceitei.

Apesar de já esperar algo assim, arregalei os olhos.

— O que? Como assim? Você vai ser a rainha do inferno?

— É o que parece.

— Pare de meias palavras. Me diga: o que significa? Quando vai acontecer?

— De acordo com o contrato, quando a minha vida humana acabar. Ele vai buscar a minha alma e terei a autoridade de uma rainha entre os caídos e as almas em castigo eterno.

— É muita informação – declarei sem saber o que pensar.

— Mas foi você que pediu para eu contar.

— Ainda assim é muita informação. Uau! Uau! Puta que pariu! Desculpe, precisei de um palavrão.

— Deixa para surtar depois. Hoje é dia de comemoração.

— Pode ter certeza de que vou surtar depois.

Nos arrumamos e fomos ao bar no carro de Benjamin.

Quando chegamos no bar, nos encontramos com Gustav, um dos funcionários da Art's que sempre viajava em busca de tesouros no ramo da arte.

Depois que nos despedimos dele e nos sentamos em nossa mesa, algo ficou martelando em minha mente.

— E os gays? – perguntei pegando todos desprevenidos.

— O que tem eles? – Naomi estava com a sobrancelha arqueada de curiosidade, diferente de Lúcifer e Benjamin que podia acessar nossos pensamentos quando quisessem.

— Estão todos destinados ao inferno? – completei a pergunta.

Naomi olhou para Lúcifer esperando uma resposta, mas foi Benjamin que respondeu.

— Alguns. Por quê?

— Ah, talvez seja bobagem! Mas não gostaria que o Gustav fosse condenado pela eternidade só por amar.

— Engraçado, pois vocês seguem um livro onde diz: não tenha relações sexuais com um homem, assim como se costuma ter com uma mulher. É um ato detestável – Lúcifer comentou enquanto brincava com a bebida.

— Se for assim só as mulheres podem ter relações homossexuais – todos encaramos Naomi quando ela disse isso. Pareceu tão convicta que acabamos rindo.

Benjamin decidiu esclarecer:

— É que a bíblia foi escrita em um momento onde as mulheres não tinham os mesmos direitos que o homem.

— Ainda não temos – corrigi.

— A maioria das almas que Lúcifer recebe usaram o nome de Deus e o que chama de suas palavras para cometerem atos deploráveis. Entre cada homossexual que estiver lá, existe três heteros que também são hóspedes por matar ou agredir aqueles dos quais se julga superior – Benjamin voltou ao assunto inicial.

— Seria tão mais simples se cada um cuidasse da sua própria existência – Lúcifer parecia entediado.

— Já parei de perguntar – declarei e virei um gole da minha bebida.

— Não é isso – Benjamin riu. — É que os humanos estão tão propícios a julgar o que não entendem. Tanto faz se são homossexuais ou heteros. As pessoas deviam parar de se preocupar com cor de pele, peso, com quem transam. Sobraria mais tempo para cuidar de crianças que são abusadas, idosos que são agredidos, pessoas que precisam de uma mão para voltar a se sentir mais que um mero pedaço de lixo, entre outras coisas.

— Não consigo entender como alguém como você pode ser expulso – apertei a mão do meu amor.

— Culpa dele – Benjamin apontou Lúcifer que riu.

— Se vocês vissem esse mundo como um todo, duvido que não se revoltassem com a situação. Antes do homem ser criado, não havia inveja, crueldade, bestialidade; nenhum dos adjetivos que vocês inventaram, apenas uma desavença entre dois irmãos. Por mais que tentem culpar a mim, os humanos são os únicos culpados pelo que passam.

Pensei nas pessoas inocentes e Lúcifer interpretou a minha expressão.

— Sempre vão procurar alguém a quem culpar e quando não encontram culpam a Eva. Mas ela é culpada pelas dores que vocês ganharam e não pelos seus crimes. São humanos que ferem e matam seus semelhantes sem nenhum motivo. Use como exemplo o seu padrasto ou o homem que cortou a sua mão. Por que acha que fizeram aquilo?

— Porque são monstros.

— E eu tenho a chance de dar a eles doses do veneno que espalharam.

— Nós não julgamos vocês pelo sexo ou idade. Não nos aproveitamos de fraquezas e não escravizamos nossos semelhantes.

— E a aposta usando Eva? E o que Rafael fez comigo? Mesmo que não me lembre posso ver a raiva nos seus olhos sempre que escuta o nome dele – Naomi questionou.

— Talvez alguns de nós estejam corrompidos. Estamos passando tempo demais com vocês.

— Vocês nos desprezam?

— Como poderíamos? – Lúcifer a abraçou. — Posso desprezar tudo e todos, menos você.

— Até eu? – Benjamin brincou.

— Até você.

Rimos e, sem precisar que ninguém pedisse, começamos a falar sobre coisas menos pesadas. Foi uma noite divertida onde bebemos, comemos e conversamos sobre nossas vidas e a existência deles.

Algum tempo depois...

Como já era de se esperar, eu morri. Não foi de velhice. Foi trinta anos após me casar oficialmente com

Benjamin em uma bela cerimônia na cabana, onde apenas Naomi e Lúcifer compareceram.

Foi em um dia chuvoso em que eu voltava de um encontro com Naomi. Um bêbado bateu no meu carro e, apesar de usar cinto de segurança, foi fatal.

Não deixei ninguém para trás, apenas conhecidos e a minha melhor amiga.

Benjamin, por causa de sua condição anjo/demônio em forma humana, não podia me dar filhos. E nem senti falta disso.

Nesse momento, estou onde o contrato me obrigou, mas posso dizer que estou feliz. O inferno é onde o pecado mora e agora é a minha prisão. Minha punição, escolhida por Lúcifer, é ser escrava do seu melhor amigo pela eternidade.

Nunca entendi direito qual era o pacto, qual era a força que unia Benjamin e Lúcifer, mas confesso que não me preocupava.

Eu não tinha um corpo humano no inferno, então passávamos muito tempo fugindo para a vida que tínhamos antes. Assim podíamos nos amar usando os corpos que Benjamin criou, usando como modelo as formas que tínhamos antes. Minha alma carregou consigo todo o desejo que sentia pelo meu marido.

Em nossas fugas, íamos para vários lugares, mas o nosso favorito era a cabana. Era nela que estávamos, parados na varanda que nos brindava com uma vista incrível da cachoeira.

— Em algum momento você se arrependeu? – perguntei sem desviar os olhos do cenário natural.

— Não me arrependo de nada, mas a que se refere?

Pude sentir que ele também olhava na mesma direção.

— Parando para pensar bem, você nunca fez algo realmente em uma tentativa de me fazer vender a minha alma. Me levou para a sua casa, me fez usar um carro que jamais conseguiria comprar, mas não parecia fazer isso com as intenções que imaginei que faria. Ainda não entendo.

— Na verdade, ganhar ou perder a aposta nunca foi o meu objetivo. Eu usei o convite de Lúcifer como desculpa para me aproximar de você. No começo só queria tê-la nua em meus braços.

— Seria mais fácil ter me convidado para um jantar ou algo assim.

— Você não aceitaria. Tenho certeza de que ficaria com medo de se machucar. Quase não aceitou o acordo.

— Me conhece bem. Às vezes sou medrosa nos piores momentos.

— Que bom que não é medrosa o bastante para fugir de um casamento com o melhor amigo do rei do inferno – me envolveu pela cintura.

— Eu devo ser completamente maluca, isso sim. Mas não mais que a rainha das malucas, Naomi. Se eu fui seduzida pelo melhor amigo, ela se apaixonou pelo próprio.

— Se eles estiverem tão felizes, tão completos quanto nós, acho que ser louco vale a pena – afastou meus cabelos beijando meu pescoço sensualmente.

Fechei os olhos. Meu corpo inteiro reconhecia o seu toque e ansiava por mais.

— Claro que vale! – me virei e o abracei pela cintura beijando seu peito desnudo. — Depois que te conheci, tive certeza de algo que há muito desconfiava.

— O que seria?

— Que a melodia é a voz de um anjo murmurando palavras doces. Por isso, a música é algo tão perfeito – não sei porque me lembrei disso, mas desde a primeira vez que vi Benjamin, ao som de uma música, senti como se ele fosse parte daquela sensação de plenitude que me envolvia.

— Se for assim tem anjos gritando por ai – brincou se referindo a grande parte das músicas atuais.

— Eu falo de música de verdade. Não disso que alguns fazem apenas para ganhar dinheiro.

— Está sendo preconceituosa, minha esposa?

— Não é preconceito quando já se conhece. Que me julguem! Meus ouvidos, minha mente e meu coração merecem o melhor, seja para me divertir ou apenas para pensar em amor ou sentir saudade.

Ele me fez encará-lo segurando o meu queixo.

— O único anjo que vai cantar ao seu ouvido serei eu. E prometo que serão apenas palavras doces. Um pouco picantes, mas doces.

— Cante para mim, meu anjo de lindas asas negras. Cante e me cubra com suas penas e seus desejos.

Com um sorriso cheio de segundas intenções, ele abriu as suas asas, me envolveu em um abraço e começou a sussurrar ao meu ouvido palavras sem melodia.

E eu soube que aquele era o meu lugar. Nos braços do meu anjo caído.

Bônus

"O destino é tão engraçado. Sem perceber, fui penetrando a história de Eva e Benjamin. Nossas histórias foram se entrelaçando por causa de Lúcifer e, no fim, acabei tão protagonista quanto ela. Eu que pensei que sempre seria figurante, no máximo coadjuvante, acabei como rainha do inferno."

Naomi

A rainha das almas condenadas

Naomi

Parecia um sonho distante toda a história de anjos.

Na verdade, muitas coisas pareciam surreais depois de viver noventa e nove anos. Acho que nunca esperei morrer de velhice. Mas parece que esse era o meu destino; morrer de velhice servindo em um mosteiro.

Em meu quarto simples, fechei os olhos para esperar o novo dia, mas dessa vez, quando acordei, as coisas pareciam diferentes.

Havia uma luz ofuscante no quarto, porém essa luz não me incomodava.

Me virei na cama e vi o meu corpo velho deitado ao meu lado. Percebi que fora daquele corpo eu estava com a mesma aparência e viscosidade de muitos anos atrás.

— Eu morri? – perguntei encarando o meu corpo velho.

— Um dia isso aconteceria – uma voz conhecida respondeu a minha pergunta.

Não havia ninguém no quarto.

Foi o que pensei inicialmente, pois aos poucos a forma de um homem com grandes asas cinzas se fez presente.

— É você! – de repente, todas as lembranças que pareciam sonhos se tornaram vividas em minha mente. — Senti a sua falta.

Não questionaria se ele foi o responsável pelo meu repentino desejo de me tornar celibatária logo após a sua partida. Soube desde o início que o anjo que eu amava era um caído ciumento, que não mediria esforços para me manter longe de mãos que não fossem as suas.

— Também senti a sua. Como prometido, estou aqui para buscar a minha rainha.

Senti que ele precisava de uma confirmação maior do amor que eu ainda sentia.

Fui até e ele e questionei:

— Nessa forma em que estou, posso matar a saudade do seu beijo?

Sorrindo, ele respondeu:

— Me preparei para isso.

Ao dizer isso, ele tocou o meu rosto e senti como se algo me preenchesse.

Fechei os olhos e quando os abri, o ouvi dizer:

— Esse corpo é seu para usar quando quiser. O fiz usando a imagem que você deixou gravada em mim.

Meu primeiro movimento com aquele corpo foi envolver seu pescoço com meus braços e beijá-lo.

Só depois me analisei e descobri que estava com a mesma aparência de quando o conheci. Com o corpo, surgiu um belo e esvoaçante vestido vermelho.

De repente, senti um leve desconforto. E logo asas enormes moldavam minhas costas. Totalmente brancas.

E, como para combinar com elas, o vestido vermelho se tornou tão branco quanto nuvens em um dia claro.

Podia ver claramente a minha imagem em seus olhos, eram como espelhos.

— Uau! Ainda mais perfeita! – Lúcifer disse, vidrado na imagem a sua frente.

— Todos criam asas depois que morrem? – perguntei tocando as penas macias.

— Não. Esse é outro presente do meu pai – ele também acariciou as minhas asas com certa adoração.

— Estou começando a acreditar que você é mesmo o favorito – brinquei.

— Eu sempre soube que era – ele sorria de canto com aqueles lábios deliciosos.

Tinha algo que eu queria fazer. Sem perda de tempo, o abracei envolvendo-o com as minhas asas novas e roubei o beijo que seus lábios imploravam.

— Está na hora! Vamos! – anunciou, meio relutante.

Antes de irmos, olhei o corpo sobre a cama e disse:

— Obrigada por suportar a minha alma!

— Está na hora! Vamos! – anunciou.

Antes de irmos, olhei o corpo sobre a cama e disse:

— Obrigada por suportar a minha alma!

Lúcifer me levou em seu colo para um lugar que parecia todo escuridão, a única coisa que se destacava era uma imensa porta de madeira vermelha. A madeira parecia pegar fogo em suas extremidades. Imaginei que aquilo ficaria lindo em uma pintura.

Ele empurrou a porta e disse:

— Bem-vinda ao seu reino, minha rainha.

Olhei ao redor e vi algo parecido com as cidades pós apocalípticas. Muito cinza, negro, ruinas; era outro cenário que ficaria lindo em uma pintura.

Tentei imaginar aonde iríamos.

— Vai me colocar no chão agora? – estava empolgada para explorar aquele lugar.

— Nunca viu que nos casamentos humanos as noivas são levadas no colo por seus maridos? Fique quietinha e aproveite o tour até o nosso castelo – começou a andar devagar contando a história dos lugares por onde passávamos.

Eu sei que o tempo era diferente ali e que ele não se cansava, então tratei de ouvir como uma boa turista.

— Fico pensando se vou conseguir sentir você como antes. Aquele beijo me deixou com tanta expectativa.

— Vai sentir. Nem que eu precise gastar todo o poder que possuo, vamos ter tudo que merecemos.

Passamos por uma ponte onde o rio era vermelho e parecia vivo.

— Ele é feito de almas que mataram inocentes afogados. Passam a eternidade sentindo o que suas vítimas sentiram antes de morrer.

Estranhamente, não senti nada por aquelas almas que sofriam. Acho que ao aceitar ser a rainha do inferno, pena sumiu do meu vocabulário.

Lúcifer continuou falando:

— Aqui é como um gigantesco parque temático. Cada categoria de alma tem o seu lugar. E lá é o nosso lugar – apontou um castelo negro ao longe. Eu não tinha visto o castelo até o momento em que o apontou.

Ele pareceu empolgado ao dizer:

— Há alguém que guardei para que você torture.

— Nossa! Acho que não posso. Apesar de estar aqui, não sinto vontade de torturar ninguém – me imaginei em um lugar como um calabouço torturando alguém que implorava por perdão.

Ele insistiu:

— Esse é diferente.

— Quanto mistério! Quem é esse ser odiado por tantos?

— Miguel. Foi ele quem fez Rafael criar as lembranças que tirei de você.

— Eu realmente não lembro, mas ainda assim sinto raiva dele só de imaginar o que pode ter feito. Deve ter sido algo monstruoso para você precisar desaparecer com as lembranças.

Vi que seu olhar ficou ainda mais sombrio quando disse:

— Ele está na nossa sala do trono, junto com outros anjos caídos e a alma de sua amiga Eva. Todos estão esperando para receber a rainha. E Eva é a mais interessada em torturá-lo.

Não gostei de saber que Eva queria torturar alguém. Precisava ver a minha amiga para saber se ela ainda era como me lembrava.

— Vamos ver. O futuro é uma incógnita – optei por não dizer sim nem não.

O castelo parecia vazio. Só quando chegamos a sala do trono foi que vi os poucos que nos esperavam. E foi uma festa.

— Apresento-lhes, a minha rainha Naomi – Lúcifer apresentou quando estávamos em frente aos nossos tronos.

A expressão de Miguel foi impagável. Fiquei imaginando quem ele esperava que fosse a rainha de Lúcifer. Provavelmente não acreditou que o irmão pudesse se envolver com uma humana de forma tão significativa. Devia pensar que ele queria vingança apenas porque mexeu com seu brinquedo. Soube que, por perder a aposta, Miguel estava sem seus poderes e não podia ter acesso aos pensamentos de ninguém. Também devia estar confuso com o fato de eu ter asas, afinal, Lúcifer não podia criá-las, logo isso deveria fazer com que se questionasse se irmão era realmente o favorito do Pai.

Não me importei com ele. Tudo que eu queria era estar com o meu anjo e matar a saudade da minha amiga, que confirmei não estar realmente interessada em torturar alguém. Ela parecia interessada apenas em Benjamin.

Durante toda a comemoração, Miguel permaneceu acorrentado em um canto na sala do trono. Só depois que Lúcifer se cansou da sua presença que foi levado ao calabouço, onde continuaria recebendo sua tortura, como o resultado da aposta exigia.

O tempo começou a passar, apesar de não ser mais relevante. Vez ou outra encontrávamos Eva e Benjamin.

Eu não participava das torturas do meu anjo, mas também não o julgava. Nunca cheguei a ver o Pai ou entender os mistérios do universo e das criações de Dele. Estava satisfeita com as poucas respostas que recebia.

Lúcifer não era um monstro que ia até os bonzinhos torturá-los. Era ele quem recebia os ruins e tratava de puni-los. Se ele gostava disso, era outra questão. E não mudava nada sua essência.

Um dia estávamos assistindo Miguel punir algumas almas; era parte da sua tortura porque ele odiava fazer isso.

— Tem alguém que eu gostaria de torturar – brinquei me referindo a Antony.

— Você é tão transparente, minha rainha. Imaginei que desejasse isso. Ele está na área vip, reservada aos pecadores sexuais. É onde eu estaria se fosse uma alma humana.

Não gostei. Sua declaração indicava que ainda se sentia mal por causa de suas visitas em meus "sonhos".

— Você se arrepende de ter atendido aos meus desejos quando implorei por você em meus sonhos?

— Às vezes ainda tenho a sensação de que fui invasivo. Deveria ter contado a verdade para você desde o início – confessou.

— Acredite quando digo que você está estragando os melhores momentos da minha vida humana. Não faça isso.

— Seu desejo é uma ordem, minha rainha – sorriu e nos transportou para os nossos tronos.

— Então ordeno que sacie o meu desejo de tê-lo dentro de mim – me levantei do meu trono e me sentei no seu colo.

— Sua ordem é o meu desejo, minha rainha.

Após essas palavras, mergulhamos no prazer intenso do sexo. A luxúria passou a ser o meu pecado favorito desde que conheci Lúcifer.

Assim seria a minha eternidade. Eu não contava mais dias, meses ou anos, apenas me preocupava em amar e ser amada. As asas que me prendiam afastava preocupações e me mantinha mergulhada em amor e desejo.

Para saber mais sobre os títulos e autores do
GRUPO EDITORIAL THE BOOKS, visite nosso site
WWW. THEBOOKSEDITORA .COM.BR
e curta as nossas redes sociais.

Sonha em publicar um livro? Envie para:
THEBOOKSEDITORA@GMAIL.COM
E receba um parecer gratuito de nosso
conselho editorial.